DECEMBERVAGTEN I MAGTENS VOLD

til Lærke og Amanda

DECEMBERVAGTEN
I MAGTENS VOLD

af Lars Røn

Forlag: BoD • Books on Demand GmbH, In de Tarpen 42, 22848 Norderstedt, Tyskland

Tryk: Libri Plureos GmbH, Friedensallee 273, 22763 Hamborg, Tyskland

ISBN: 978-87-4305-628-7

KAPITEL 1

I en gang på Lillevangskolen, hvor mindst én elev om dagen bliver sat udenfor døren, i udkanten af byen Lillevang i landet Vang, står en lyshåret pige og kigger op.

- Lydia, vi må ikke være herinde, vi skal ud, det er frikvarter, siger en sorthåret pageklippet pige med blegt ansigt og fine træk, og hendes ord hiver i den anden. Men Lydia bliver stående.

- Hvad er det du kigger efter? Uha, det er ikke edderkopper vel? Kom nu, jeg bryder mig ikke om det. Men Lydia bevæger sig ikke. Lige som pageklippet skal til at trække Lydia i ærmet, gjalder et råb gennem gangen:

- TØS! TØS MED SORT PAGE! Det giver et sæt i pigen. Hun vender sig blegt mod råbet, der kommer fra en lærerinde i stram march mod dem, og hun peger lige på hende.

- Åhnej, det er fru Skuyte, hvisker hun. Inden hun kan nå at gøre noget, har lærerinden grebet fat i pageklippets øre, og trækker hende med sig under en regn af skældud og formaninger, mens pigen hakkende forsøger at forsvare sig med at sige, det ikke er hendes skyld, men Lydias, for hun vil ikke med ud, og al den slags som man kommer med, når man bliver uretfærdigt behandlet.

Lydia bevæger sig ikke, men bliver ved med at stirre på loftet. Et øjeblik efter gnider pageklippet sit øre i skolegården, der er forbavsende rolig af sådan en at være midt i et frikvarter, mens fru Skuyte og hendes stramt korslagte arme befinder sig på trappen til hovedindgangen, hvor hun lader sit sammenknebne blik feje frem og tilbage over frikvarterets børn, som om det er en stålbørste, og eleverne et rustent cykelstel. Når Sgu-Jytte, som alle kalder hende, er gårdvagt, kan man nu og da høre det for eksempel gjalde: DRENG! DRENG MED RØD JAKKE: STÅ STILLE! og så glider hun som en tyk torpedo ned mod en forsvarsløs skibsside, og de der gider, kan se hvordan den dreng bliver skældt ud, indtil han forsvinder ned til noget der er mindre end den sidste våde kiksekrumme i mormors hemmelige dåse, der er fyldt med lunkent sæbevand, for når han kan stjæle uden at blive inviteret, skal han dælendulme lære at vaske op.

En kasket med dreng under kommer hen.

- Halløjsuppe! Hov Maria, hvad er der med dig? spørger han med et blik, der godt vil se nærmere på Marias øre.

- Det er Lydias skyld. Hun står bare der og glor, når hun godt ved, at vi skal være udenfor. Og så pludselig var fru Skuyte der, snøfter Maria, samtidig med at hun undviger Kaspers undersøgende blik.

- Øj! Sgu-Jytte har godt nok taget ved dig. Dit øre er rødt som en glyghue! bemærker han, og kigger interesseret.

- Pas dig selv, Kasper, siger hun, men kan ikke lade være med at smile lidt gennem tårerne. Han rækker frem for at pille lidt ved en knap på hendes frakke, og hun slår hånden væk. I det samme kommer Lydia hen.

- Så er freden forbi: Der er hun jo! griner Kasper, og slår en skæv pirouette, så han er ved at falde.

- Skal du ikke sige undskyld? spørger Maria surt.

- Hvem står for gangpynten i år? vil Lydia vide.

- Og hej med dig også, svarer Kasper, der igen forsøger at snurre om sig selv, uden at det går bedre denne gang.

- Det er ret tarveligt, at du ikke sagde noget til fru Skuyte. Og så er det mig der bliver taget ved øret. Uh, hun kan skælde ud, så jeg bliver helt svimmel, siger Maria fortrydeligt.

- Hvem står for pynten i vores gang i år, spørger jeg! Lydias stemme har stillet sig op som fuldt optrukne striber på landevejen.

- Hvorfor vil du vide det, Lydia? spørger Kasper, og prøver igen at pille ved Marias frakke, og atter slår hun hans hånd tilside.

- Fordi det vil jeg! siger Lydia indædt.

- Du skal ikke kigge på mig. Jeg ved det altså ikke Lydia, siger Maria.

- Nogen må da vide det, siger Lydia skarpt. Ingen svarer. Kasper betragter en gruppe drenge i et hjørne. Nogle vakler rundt, og en falder, så Kasper griner. Han gør sig skeløjet, og viser det til Maria, der fniser, mens han giver sig til at stavre rundt som slænget derhenne:

- Se, de sætter sig da ikke fast! Undtagen hos Nellemose, men han er skeløjet i forvejen, griner han, og gør sine øjne normale igen. Maria ryster på hovedet, men på en glad måde.

- Hallo! Er der nogen hjemme? Hvem. Står. For. Gangpynten!?

insisterer Lydia, og hendes lyse hår ligner en retfærdig hjelm. Så foreslår Maria opgivende:

- Jeg kommer sikkert til at fortryde det, men hvorfor spørger du ikke ham der Former-Finn?

- Glimrende idé, Maria Larsen, det vil jeg gøre. Tak for det Maria Larsen, og tak for at du sagde det så hurtigt. Mange tak, Maria Larsen, for at jeg ikke skal stå her og spilde spor af min tid. Og så er Lydia væk.

- Nogle gange, begynder Maria, og vrider sin ene knyttede hånd ned i den anden åbne, mens hun ser efter Lydia.

- Jaja, nogle gange, nikker Kasper fraværende, og lidt efter vakler han rundt med slænget i hjørnet.

Maria ryster på hovedet. Så gnider hun sit øre, mens hun slentrer over for at kigge nærmere på drengene, der ligner tosser.

- Har du forresten set Elmo? spørger hun, da Kasper vakler forbi.

- Nej.

- Hm... Jeg har faktisk ikke set ham længe, siger Maria, og hendes ord balancerer sig over en bekymret mine. Kasper slipper sin skeløjethed for en kort bemærkning, og ser hende lige i øjnene:

- Godt. Mindre Elmo er bedre Elmo. Det er ikke sundt for dig at være så meget sammen med den underlige gøjser, siger Kasper, og så prøver Maria selv at gøre sig skeløjet, men får lynhurtigt ondt i hovedet.

KAPITEL 2

Egnens fædre siger ofte, at alle veje fører til Lillevang, når de vil blære sig med hvor de bor, og det er sandt at veje fra fire verdenshjørner samler sig i et slags kæntret kryds, efter at have skåret sig gennem bakker, skove og højt skattetryk. Nogenlunde midt i byen ligger Rundtorvet, som er anlagt ovenpå det gamle gadekær, hvor de siger, at tidligere tiders lillevængere plejede at drukne de uheldsbørn, som det aldrig var meningen skulle have været født, og som de ikke havde råd eller nerver til at mætte, og killinger og hvalpe og hvem der ellers var tilovers, og alle siger, at det kun er de tossedeste der tror på den slags snak, men det er meget sjældent at en lillevænger vover sig over torvet efter midnat, når forretningerne står og sover med deres sorte rudeøjne.

◇

Døren til skolens formningslokale er lukket. Lydia tager i dørhåndtaget, og nærmest svinger sig ind. En bleg mand med finurligt overskæg og klar-parat-fiskerlussing-hænder ser brat op fra det skrammede kateder, han befinder sig bag.

- Hov! Jeg hørte ikke det bankede? siger han ud i luften.

- Hvem står for gangpynten? spørger Lydia krævende.

Manden giver sig til at sno den ene ende af sit skæg:

- Hvis ikke jeg har hørt det banke, så kan der nok ikke være nogen udenfor, for hvordan skulle nogen, som ikke er der,

9

kunne banke? Og hvis der ikke er nogen udenfor, så kan der heller ikke være nogen indenfor, for jeg er et oplyst menneske, som hverken tror på gejster eller spøgelser, vedbliver manden, som alle kalder Former-Finn, fordi han er formningslærer og hedder Finn.

- Jeg skal bare vide, hvordan jeg kommer til at stå for gangpynten! siger Lydia. Former-Finn lægger en finger på hagen, og ser tænksomt op i loftet.

- Hvis jeg hører en stemme, så tilhører den en person som ikke har banket på, og som derfor ikke kan eksistere, og derfor hører jeg ikke den stemme. Ja, det tænkte jeg nok: Her er ingen, siger Former Finn, og giver sig igen til at fnidre med et par strimler papir, som han er ved at lave en stjerne af. Lydia bliver stående. Men der sker ikke andre ting. Så stamper hun i gulvet, går ud, lukker døren, og banker meget hårdt på. Der går netop tilpas tid til at det virker fornærmende, og hun skal lige til at dundre videre på døren, da hun hører en mummel stemme sige:

- Kom ind!

Da Lydia står ved katederet og koger, ser Former-Finn på hende.

- Hvem står for gangpynten? Nu har jeg spurgt tre gange! forlanger hun.

- Men, hvem er denne jeg, du hentyder til?

- Du ved godt hvem jeg er!

Former-Finn læner sig tilbage, og giver sig igen til at sno

overskægget rundt og rundt i tankefulde cirkler:

- Gør jeg? Kan man vide hvem nogen er, hvis de ikke siger hvem de er? Kan de gå ud fra at andre skulle kunne huske dem? Hvordan kan de vide om andre kan huske dem? Har de gjort sig bemærket på en eller anden måde mon, eller er de blot en lille fisk i mængden af andre fisk? funderer Former-Finn, som de fleste har svært ved at tro, faktisk er rigtig ferm til at klistre små ting sammen, så det ligner noget.

Med sammenbidte tænder præsenterer Lydia sig.

- Nåja, nu ved jeg jo pludselig hvem du er, og hvor du hører til. Og hvad er det du siger, du vil?

- Jeg skal stå for gangpynten.

- På hele skolen?

- Hvad? Kan jeg det? Nej! Nej, i min gang bare.

Former-Finn åbner en skuffe, finder en liste og begynder at gå den igennem, mens han mumler halvvejs for sig selv:

- Stå for og stå for. Det plejer at være et ret demokratisk foretagende med flad struktur, for her på stedet kan inspektøren jo så godt lide, at vi kan lide at lade jer klare det selv, bum bum, lad mig se: Du går i den og den klasse, det er den og den gang, og det er de og dem der er med. Av, den var værre, Lydia Wengen, siger Former-Finn, men ingen af ordene bærer den mindste fortrydelse. Faktisk lyder det som om han lige har fået tidligt fri.

- Værre hvad?

- Ja, de mangler altså ikke nogen pyntere, Lydia.

- Er du sikker?

- Ja, for jeg har lige kigget i listen, og Gangpyntergruppe 2. Vest er fuldstændig fuldtallige. Fem skal der være, og fem er der. Du er for sent ude. Pokkers også, hva'? siger han på en måde, ledsaget af en overdreven fortrydelig bevægelse med sin knyttede hånd, der klart fortæller Lydia, hvor lidt ked af det han er på hendes vegne.

- Kan der ikke være seks i gruppen?

- Nej, det er for mange.

- Hvorfor?

- Fordi jeg siger det. Tak for interessen. Vær mere på dupperne næste år og hav det godt. Lydia bliver stående.

- Hvem er med? spørger hun.

- Det kan jeg ikke rigtig se hvorfor du har nødigt at vide, Lydia, da du ikke skal have noget med det at gøre. Tak for i dag, hejhej.

Hun prøver at punktere hans ord med nogle spidse men'er, uden at få Former-Finn til at lade sit nej falde. Det bliver tværtimod større og stærkere, og derfor må Lydia gå med sin uforrettede sag, hvor der nu er plads at proppe den hen. Lige nu er det svært at finde, for hun er fyldt med vrede.

KAPITEL 3

I haven hvor Lydia bor, ligger en rummelig træhytte oppe i et træ. Her sidder hun, Kasper og Maria. November har møvet sig langt indenfor, og udenfor raser en regn, der rigtig maser på for at gøre vejret selskab.

- Er vi egentlig ikke ret for store til at sidde i en træhytte? spørger Maria.

- Skal du ikke snart have ordnet taget, Lydia? vil Kasper vide, og skæver op.

- Jeg har andet at lave. Hvor er Elmo? spørger Lydia.

- Hvor skulle jeg vide det fra? svarer Maria, og puster i sine hænder.

- Jamen har I ikke sagt til ham, at jeg har indkaldt til vigtigt møde?

- Behøver vi være herude? Det er så vådt, at øjnene skal have gummistøvler på, indskyder Kasper, og slår sig på lårene.

- Det kan du vel selv gøre. Det er dig, der vil et eller andet, Lydia. Har du ikke engang lavet varm kaokao? spørger Maria, og ser sig om, mens hun skutter sig og gnider overarmene.

- Er der ingen småkager? udbryder Kasper.

- Jeg har vigtigere ting i hovedet end at koge hygge til jer! Jeg snakkede med Former-Finn. Han siger, at de er fyldte.

- Højhyggehorn? indskyder Kasper flabet.

- Gangpyntergruppen! snerrer Lydia.

- Hvilken gruppe? Jeg er slet ikke med, siger Kasper, og giver sig til at pille i et af hyttens brædder.

- Æj, er der ingen der lytter til hvad jeg siger?

- Du siger jo ikke noget, Lydia, andet end at du gør som en sur hund. Hvad er der i vejen med dig? spørger Maria, og Kasper ser vagtsomt på de to piger, for hvis der er et sted man ikke har lyst til at være, så er det imellem to hidsigkatte der river og hvæser.

- Er det virkelig så svært at koncentrere sig om mig og mine problemer? siger Lydia.

- Har du problemer?

- Jeg vil stå for gangpynten i år.

- Hvorfor i alverden vil du det, Lydia? spørger Maria.

- Fordi jeg vil have, at der kommer nul gurrelante op i år.

- Uh, jeg elsker gurrelante. Jeg håber de laver en dobbelt edderlang i år, siger Maria, og smiler lykkeligt.

- Det er jo det! Det er ALTID gurrelante, og så snakker de om hvor lang den er, og skal absolut bedøve os andre med pral over hvor mange ringe de har brugt, og så skal de måle, og ih hvor er den lang og ih hvor vores er bedre, og nogle af dem sidder med små linealer, så strimlerne bliver helt ens i deres dumme revisorpynt, og de ævler om farverne, som om det var noget.

- Jeg tror, det bliver 3. Nord der løber med den i år, mener Maria, smiler drømmende, og spørger:

- Hvad tror du Kasper?

- At det her nok ikke har noget med mig at gøre.

- Hallo! HVEM ER DET SOM TALER NU!? råber Lydia, og fortsætter: - Og så skal vi vade skolen rundt på dumme stemmedag og vælge den bedste gang, og så skal vi absolut spilde tiden til den åndssvage kåring, hvor Kvidrekvitkoret vræler deres latterlige sange, og Maria indskyder:

- Ihja, det glæder jeg mig til, du kan tro vi er i gang med at øve os, og Lydia råber: - HOLDSÅOPMEDATAFBRYDE! og fortsætter uden at klare stemmen: - Indtil de endelig finder ud af at tælle stemmerne og kåre vinderen, og så venter en hel december med gurrelante, vrænger hun, og fortsætter: - Jeg HADER gurrelante, og derfor vil jeg være med i gangpyntergruppen, så jeg kan sørge for at der IKKE kommer nogen gurrelante i vores gang i år, og det skal Decembervagten hjælpe med!

En underlig lyd slipper ud af Lydia. Den minder om et træ, som knirker sig op ad et andet i en storm i skoven. De to andre stirrer på hende. Et øjeblik er det eneste man kan høre november, der fylder timen. Maria rømmer sig:

- Hvordan har du tænkt dig at få dem til at lade være med det?

- Sabotage, mumler Kasper, og ser med et vågen ud.

- Jeg siger bare, at de ikke må.

- Jomen, de er vel flere end en?

- Fem.

- Så du bliver en mod fire?

- Og hvad så?

- Hvordan saboterer man mon gurrelante? funderer Kasper.

- Ja, det er vel flertallet som bestemmer, Lydia, mener Maria.

- Hørte du ikke hvad jeg sagde!? Jeg vil have, at Decembervagten hjælper mig!

- Vagten? siger Maria, og forestiller en pige, som har meget
svært ved at begribe hvad der bliver sagt.
- Er højhyggen da i fare? spørger hun.
- Hjalp vi måske ikke Kasper, da han havde det der sne-
noget, og vi skulle helt ned til Gestutterkrøtter, så han kunne
tumle sig bedre! påpeger Lydia.
- Ja, for han var ved at dø, Lydia. Er du måske ved at dø?
- Ja, Maria, jeg dør, hvis jeg skal glo på dum gurrelante hele
december måned og langt ind i det nye år, indtil drengene har
dasket det hele i stykker, og stumperne hænger som klamme
orme, adr! Kasper regner på fingrene og mumler:
- Hvad kan man mon finde på?
- Altså, det skal Elmo vel for det første være med til at
bestemme, om vagten altså, ikke også? Og helt ærligt: Hvor ER
Elmo? spørger Maria.
- Hvor skulle jeg vide det fra, snapper Lydia.
- Jeg kan ikke lide det. Mon han er syg? spørger Maria.
- En syg Elmo, er en god Elmo, siger Kasper, og Maria slår
straks ud efter ham:
- Det mener du jo ikke! Henvendt til Lydia siger hun:
- Iøvrigt: Hvis der ikke skal være gurrelante, hvad skal der så
være i stedet?
- Være?
- Ja, du har vel en plan?
- For hvad?
- Noget andet. Eller skal gangen slet ikke have nogen pynt?

Der opstår en pause.

- Lydia: Du har vel ikke forestillet dig, at der slet ikke skal være nogen højhyggepynt i gangen i år? spørger Maria indtrængende.

- Måske en af Bennums onde stinkbomber, så man ikke kan holde ud at klippeklistre? funderer Kasper.

- Hold så op med det der! Der skal ikke saboteres noget som helst, Kasper, hvor er du dum! siger Maria mildt.

- Hvorfor ikke? Det vil ellers være godt for mine nerver med sådan en lang pyntetom gang, indskyder Lydia. Kasper griner:

- Ej, den er god Lydia. Den fisk gider jeg godt at se dig hive i land, nøj, hvor bliver alle sure på dig, men så kommer han til at tænke på noget, og siger pludseligt bekymret:

- Men, hvad skal vi så daske til? Maria ryster på hovedet:

- Hold nu op Kasper. Selvfølgelig kan Lydia ikke bestemme, at der ikke skal nogen pynt op i år, tænk dig om, siger hun beroligende.

- Hvorfor ikke? spørger Lydia trodsigt.

- Fordi det jo ikke er os børn, der afgør den slags: Det bestemmer inspektøren, siger Maria, og en kold og bleg ærefrygt rejser sig mellem dem, for alle ved at inspektøren har mere at skulle have sagt end selv dem derhjemme.

- Hold så op. Du giver mig dårlige tanker af at høre om ham, siger Lydia, og en tavshed giver sig til at hænge i hytten.

Så siger Maria:

- Altså, I koret bestemmer musiklæreren hvad vi skal synge, og hvordan, og hvis han ikke gjorde det, ville det nok lyde dårligt.

- Hvad så hvis han er syg? spørger Kasper.

- Ja, så kan vi ikke øve den dag.

- Kunne en af jer andre så ikke overtage?

- Nej, for ingen af os synes vi er gode nok til det.

- Men hvis en troede, at hun var?

- Ja, det ved jeg ikke. Måske. Det har jeg aldrig tænkt over, Kasper. En ny pause sætter sig, som en musvit i et fyrretræ, men så hopper en krage op, og musvitten må flygte.

- Altså: Hos os kom der engang en ny dreng, Morten med brillerne, begynder Kasper.

- I slænget?

- Ja. Han var godt nok hidsig, og ville med det samme have at vi skulle bygge drager, men det var der ingen der gad. Men så ville han ikke holde op med at ville have os til at lave de der drager, og råbte op om det hele tiden, og vi blev ved med ikke at gide det han ville. Til sidst begyndte han at true med at slå, men det grinede vi bare af, for han var sådan en tynd hidsigskid. Så kastede Morten sig over Lunelaten, der ser lille ud, men Lunelaten maste Morten, kvasede ham færdig som en myg. Så råbte han ikke op mere om de der drager.

- Hvad skete der så med Morten?

- Jamen, han går ikke på skolen mere.

- Smed I ham ud?

- Næh, han sev ligesom bare væk. Kom ikke over længere, du ved. Han var godt nok spøjs. De siger, at nu lusker han rundt ved byggepladser og den slags, og håber på at overvære en arbejdsulykke.

Der bliver stille lidt. Så spørger Lydia:

- Hvad hvis der kommer en som vil bestemme, og KAN banke jer allesammen?

- Haha, hvem skulle det være? ler Kasper.

- Det ved jeg ikke, bare en eller anden.

- Som Tynde? Han kunne sikkert godt true en hel gang tom for gurrelante, driller Kasper.

En iskulde skyder ned i hytten som et blåt lyn.

- Uha, hvorfor skal du sige sådan noget grimt noget? siger Maria, og skutter sig.

- Det ved jeg ikke. Han skal godt nok være stærk, hvis han skal kunne banke os allesammen til at gøre som han vil.

- Eller hun, siger Lydia, og Kasper griner.

- For eksempel hende der Karina? foreslår Maria.

- Ej, behøver du lige nævne hende? siger Kasper, og nu er det hans tur til at skutte sig.

At blive tævet til at gøre noget slentrer rundt i deres hoveder en tid. Udenfor råber november på varm kaokao og ikke at sidde i en utæt hytte i et træ i en have og skulle tænke på bank og bestemmelse. Maria siger tøvende, og med sammenknebne øjne, som når man går ad et fremmed spor gennem noget skov man ikke kender, og alt løvet hvisker: Jeg er fyldt med flåter og edderkoppespind.

- Men mens man bliver banket, kan man vel ikke gøre noget af det nogen vil have en til, vel? Så tævene skal vel sætte sig, så når man én gang er blevet banket, husker man det, og så kan tæveren bare minde en om det, og så gør man hvad tæveren vil for at undgå at få flere bank, ikke?

- Jeg får ondt i hovedet af den her snak, mumler Kasper.

- Hvorfor går vi egentlig i skole? spørger Lydia.

- Tror I at de voksne ville banke os, hvis vi siger nej? Vil de bære os derhen og binde os til stolene, hvis vi nægter? fortsætter hun.

- Er det dig der bestemmer hos jer? spørger Maria. Kasper griner.

- Nejda, det gør ham som har komme påen til hvad vi skal lave, indtil en af os får en anden idé, som vi hellere vil.

- Ligesom mig i vagten, indskyder Lydia, og det vækker en let latter, som Lydia endda selv deltager i.

- Hvordan kan det egentlig være at man gerne vil bestemme? tænker Maria højt. Kasper svarer:

- Da jeg begyndte at gå med de andre, syntes jeg det var sjovt at få idéerne til hvad vi skulle lave. Men ret hurtigt fandt jeg ud af, at så regner alle med, at det er mig der bestemmer, og finder på reglerne, og så kommer de rendende for at finde ud af hvordan det ene og det andet skal gøres, og om man må sådan eller sådan, og hvad de skal og alt muligt mellem himmel og jord. At bestemme er ligesom at løbe over skolegården med en håndfuld kaokaopulver i blæsevejr: Det er slet ikke til at have styr på. Så nu siger jeg bare ja, og løber med det som de fleste vil, for det er det nemmeste. Ikke fordi nogen siger jeg skal, men fordi jeg vælger det selv.

- Hvad så hvis to har en idé på samme tid?

- Jamen så fortæller de om den, indtil resten af os vælger den der lyder bedst. Maria ligner efterhånden en kasse med roterende tandhjul, der som en rottekonge er filtret fuldstændig ind i sig selv.

- Men er det så den, der taler bedst og kan få sin idé til at lyde bedre end den andens, som måske faktisk er den bedste, der vinder? prøver Maria at spørge.

- Joh... Det har jeg ikke tænkt over.

- Er det ikke snyd?

- Øj Maria, du giver mig hovedpine.

- Er der så en, der er god til at finde på ting han ved I andre nærmest altid har lyst til at lave, som bestemmer mest?

- Det er der nok. Det har jeg heller ikke tænkt over, Maria.

- Det er ikke meget du tænker, hvad Kasper?

- Sjovt. Du er sjov, Maria. Hvis nu der er en særlig sang du godt vil synge med koret, hvad gør du så?

- Jamen, så skal jeg sige det til en der er lidt ældre end mig, som siger det til en der er ældre end hende, som siger det til en af de gamle, som siger det til læreren. Det er meget besværligt, især hvis der er nogen i kæden, man ikke er så gode venner med, så jeg synger bare det jeg får besked på.

- Også hvis du ikke kan lide sangen?

- Jaja. Også fordi jeg helst ikke vil have at musiklæreren husker mig for godt, for så god er jeg ikke endnu, og han er altså ret skrap med at smide piger ud, der ikke synger ordentligt eller opfører sig pænt.

- Men kunne du godt tænke dig at bestemme, at nu synger vi den og den sang? spørger Kasper.

- Måske, men jeg kan ikke lide at skulle få andre med på

noget jeg har fundet på. Jeg bliver så genert, og hvad nu hvis de ikke vil?

- Hvem har egentlig bestemt at musiklæreren skal bestemme hvad I skal synge? spørger Kasper, som om han tripper barfodet gennem højt græs, der kan være hugorme i.

- Ja, det har vel inspektøren? foreslår Maria.

- Men, har nogen så bestemt, at inspektøren skal være inspektør? Og hvem er det mon? hvisker Kasper, der ellers udmærket kender turen til kontoret, som for de fleste børn står som en metertyk væg ingen kan flytte, men det siges, at der findes bestemmelse som selv inspektøren og hans kontor skal rette sig efter og spørge om lov af, og den svæver hvor barndommen ikke kan se den, som dis i grusgraven ude ved Deppendrup Bakker og Uglernes Mose, hvor mænd i maskiner af metal bander ord man aldrig selv må sige, og børn er forment adgang, og det er bedst ikke at kigge for langt ind i tågen, for da bliver livet så uretfærdigt, at selvom man egentlig lige er begyndt på det, får man stor lyst til at stikke af fra det igen.

- Uha nej, jeg bliver helt svimmel udbryder Maria, og fortsætter: - Ej, bare Elmo var her. Han ved så meget om den slags.

- Ja, men det er han altså heldigvis ikke, siger Kasper.

- Hvorfor skal du altid være efter ham!?

- Og hvorfor er alle så sure og november? kradser Kasper igen.

En pause giver sig til at rette på underbukserne, der altid gnaver.

- Hvorfor vil DU altid bestemme, Lydia? Du plejer at blive så hidsig, når du ikke får din vilje. Hvorfor egentlig? spørger Maria så, og et øjeblik holder hytten vejret i ængstelse. Kasper ligner en rund mælkebøtteskærm. Men Lydias ansigt vrider sig ind i en tænkemine.

- Altså, hvis ikke det bliver som jeg vil have det, så er det som om en masse kattekillinger filtrer sig ind i hinanden, når de for pokker skal sidde pænt på række. Andet kan jeg ikke sige. Kasper griner, og mener at det er da noget piget noget at sige: kattekillinger, og så bliver Lydia sur, og både hun og Maria stirrer ondt på Kasper.

Så rejser Maria sig brat, og siger højt og klart som en istap:

- Nå! Nu vil jeg gå hjem og lave noget varm kaokao og glæde mig til gurrelante, som det er tradition, og jeg synes det er godt og dejligt, at noget er som det plejer, for nyt er ikke altid godt.

- Så du vil ikke hjælpe mig? spørger Lydia.

- Jo: Du kan måske male et papskilt med NED MED GURRELANTE eller hvad ved jeg, og demonstrere indtil alle er med dig? foreslår Maria.

- Det er det samme som at sige, at du ikke vil hjælpe mig, konkluderer Lydia.

- Jeg siger bare, at du er oppe mod for meget til at det kan lykkes, er hvad jeg tror. Men jo ikke hvis du kan samle flertal for noget andet. Vel Kasper?

- Hva'?

- Nogle gange er du faktisk lidt dum, Maria. Lydia har rejst sig. Pludselig synes vejret, at det skal køle gemytterne lidt ned, så det giver sig til at kaste noget ekstra blæst ind til dem sammen med temperatur og led nedbør. Træet hytten ligger i, knager under dem. Maria trækker på skuldrene.

- Det kan du synes: Sandheden er tit ilde hørt, men nu vil jeg i hvert fald hjem og få varmen, siger Maria, og forlader hytten. November tager glad imod hende.

Kasper rømmer sig, men der var alligevel ingen ord i halsen der synes de skulle ud. Lydia sætter sig igen, og de sidder lidt. Hun kaster et par blikke på Kasper, uden at de egentlig preller af, men heller ikke så de sidder fast, og Kasper venter kun på at nok tid går, til at det ikke er decideret uvenligt at gå, når man lige har fået en klar besked. Lige da den er sekunder fra at være i mål, siger Lydia med en helt anden stemme end hun plejer at bruge:

- Altså Kasper: Jeg vil rigtig gerne have, at der ikke kommer så meget som en eneste lillebitte dum ring op at hænge i år. Det går mig PÅ! og så begynder hun med ét at græde, og nu sidder Kasper i den værste skruestik en dreng kan forestille sig, nemlig der, hvor en pige tuder helt alene. Hvad skal man gøre med sådan noget? Man kan ikke rette hende op, så hun er lige igen. Man kan ikke stramme skruen, så hun sidder bedre fast. Man kan ikke give hende olie, så hun holder op med at knirke, og det er nok heller ikke så smart at kilde hende. Heldigvis er der mange korte ord på vangsk, som man kan gemme sig bag:

- Nå. Jo. Altså. Æh. Men. Jo. Det. Altså. Hvis. Men. Jo. Øh, siger han.

Det er slet ikke til at komme ud af hytten og ind i det frelsende elendige vejr uden at skulle tæt forbi Lydia, for hun sidder lige der, og han begynder faktisk at få ondt i maven. Lige da får et særligt stærkt vindstød en gren til at banke hårdt ned i hyttens mørnede tag, og det løsner en historie i Kasper, som til at begynde med løber ud af munden på ham, uden at han selv er helt med.

- Altså, engang ville jeg være med til dytkylling, men de ville ikke have mig med, fordi de sagde, at jeg var for lille, og jeg VILLE med, og de ville IKKE have mig med, og til sidst blev jeg så sur og tosset, at da jeg vidste de ville ned og gøre dytkylling, så listede jeg efter og lagde mig på lur, og det var på landevejen ud til Glammersminde eller også var det Solstopmille, og så kiggede jeg, og ret hurtigt kunne jeg se, at jo, det var jeg helt bestemt for lille til, for at stå der midt på vejen indtil bilen dytter, det skal man være mindst ældre for at kunne turde, og efter det så holdt jeg op med at have lyst til at være med til dytkylling, og nu har jeg det meget bedre. Ja. Det var bare det jeg ville sige, Lydia. Kasper kigger forsigtigt på pigen, der er holdt op med at græde, og nu nøjes med at hikste lidt.

- Tak Kasper. Jeg tror, jeg ved hvad du mener.

- Nå. Jo. Altså, det er godt Lydia. Så. Du. Du har det godt nok nu?

- Jo.

- Bingeling. Jamen så smutter jeg. Hjem at spise du ved. Hejhej!

Lidt efter er hytten tom. Kun blæsten, regnen og træets knirken er at høre, og så brædderne der taler sammen om, hvorfor pigen med det lyse hår altid hidser sig sådan op, og hvad det er hun brygger på? Det er i hvert fald ikke varm kaokao.

KAPITEL 4

En skole er en maskine uden andet formål end at putte læring i elever, hvad enten de vil det eller ej, så de kan blive dygtige, for er man ikke det, er man dårlig, og ender som drukbumsetaberne på Odas Bodega eller i købmand Mørlings baglokale, der ikke laver andet end at sidde og lader tiden tage dem. Når institutionen er tom for timer og elever, bliver den stille og nærmest truende, som en død eg fyldt med insekter, men Lydia sidder sammenkrøbet i den ene ende af sin egen gang, hvor hun kan holde øje med et klasseværelse, hvorfra en stribe lys undslipper sprækken under døren. Hun er ved at piske en sikkerhed sammen, som ikke falder ned i håret, hvis hun vender skålen på hovedet, om at det må være der Gangpyntergruppe 2. Vest har travlt med at gøre gurrelante. Hun ved, at de må komme ud på et tidspunkt. Hun er sikker på, at når det sker, så vil hun kunne se nogen, og hvis hun ser nogen, kan hun finde ud af hvem de er, og hvis hun ved hvem de er, så får hun måske en idé til hvordan hun kan komme med i gruppen.

Omkring hende har gangen sit eget liv. Nu og da lyder et lille tørt knæk, som om linoleummet under hendes fødder strækker sig for at finde en anden stilling end den de mange klaprende støvler og sko og forbudt løb har tvunget hende ind i. En lyd, der ikke er bygningens små suk og beklagelser, løber mod Lydia. Døren til klasseværelset går op, lysstriben bliver bredere, og nu kan hun også høre stemmer, men ingen kommer ud. Lige da Lydia kryber sig mere sammen for at søge ly for opdagelse, samtidig med at hun spærrer øjnene på vid gab for at få øje så meget som muligt, bliver hun grebet hårdt i nakken.

- Hvad laver du her? lyder en streng mandestemme, mens hun bliver løftet, så fødderne dingler hen over gulvet.
    - Hvem, mig? gisper Lydia, indtil hun er blevet vendt rundt, og nu hænger ansigt til ansigt med et meget vredt blik, der får hende til at holde vejret.
    - Du skal ikke være her! Skolen er lukket, siger Keld Pedel, eller Ækeld, som de fleste kalder ham, fordi han har klistret hentehår og smalle læber, som ligner striber af leverpostej, og mellem dem og et tandsæt, der minder om en række døde sardiner i en rusten dåse, ligger altid en stump lyserød tunge, som fra der hvor man aldrig kigger på en hund, når den er lidt for ekstra glad. Han elsker at køre rundt på sin lille orange havetraktor, og alle ved, at han og konen, som de fleste kender som Vulgerda, anser skolen for at være deres private ejendom.

De siger, at Ækeld har mere travlt med at spionere og stikke og lege skolebetjent end at holde området rent for skrald og sne, og konen sladrer også alt hun kan komme til.

- Men jeg er gangpynter, prøver Lydia at forklare, og husker samtidig at kigge og kigge og kigge efter døren deroppe, men den voksne står i vejen.

- Nå, men så vis mig dit pas, siger han, og sætter hende ned igen.

- Pas? spørger hun, og med det samme sætter Ækeld hænderne i siden på sine evige blå smækbukser, som om han er en sort oprindterdame med meget store hofter.

- Aha! Allerede der ved jeg, at du ikke er gangpynter, for alle gangpyntere skal have et pas, som man kun kan få hos mig, og hvis du ikke har et pas, så er du ikke gangpynter og har intet at skaffe på skolen efter skoletid. Kan du se at komme ud, eller jeg lukker dig inde på kontoret til i morgen, så kan du se hvad inspektøren siger til det!

- Det må du slet ikke! Det er børnehapsning!

- UD! råber han, og kaster et stift peg mod gladøren for enden af gangen. Det er den helt og meget modsatte retning til klasseværelset, hvor Gangpyntergruppe 2. Vest nok holder til, og fra hvilket skikkelser nu er spildt ud, og hun prøver at stirre noget genkendeligt frem i dem, men Ækeld gelejder hende ret hårdhændet ned ad gangen, så hun får ikke rigtig øje på noget hun kender, men lige da pedellen er ved at skubbe hende helt ud i gården, hører hun en der kalder: - Denogden, vent på os! og så puffer Ækeld hende det sidste stykke gennem døren, men Lydia bliver stående, indtil skumringen ikke kan gøre andet end

at sluge hende og prøve at sende hende hjem, men det har den
ikke held med, for en lille glæde er pludseligt sprunget ud midt
i Lydia, hvor ingen gurrelante bor, og hun er nødt til at gå lidt
af den væk, førend hun kan vende hjem til lektier og det
normale aftenliv i huset, hvor hun bor.

KAPITEL 5

Lydia tager en dyb indånding, inden hun åbner døren til
klasseværelset, og stormer ind som om hun har travlt, kender
vejen og ved hvad hun vil. Lige når man kommer ind i noget
nyt, prøver øjnene at se med huden, og næsen lugter med håret
og nogle knogler vil den ene vej og andre den anden, mens
hænderne opfører sig som om de aldrig har været for enden af
en arm før.

Nogle piger sidder ved en firkantet ø af sammenstillede
skoleborde. Et monstrum med hurrahvidt hår og mange
svinkedeller kigger op, og brumbasser:
   - Hvem er du? Vi har møde. Du skal ikke være her! Gå din
vej!

Lydia snapper endnu en mundfuld luft, mens hun gør sig så
stor, bred og gammel, som det er muligt.
   - Jeg hedder Lydia. Jomen jeg er her i stedet for hende
Denogder som var her, men fordi et eller andet jeg ikke lige

kan huske præcist, kommer hun i hvert fald ikke mere eller foreløbig, og Former-Finn har sagt, at det er i orden, at det er i orden, at jeg træder med ind i stedet. Skal jeg trappe op og hente ham?

En af pigerne har et hidsigt hår, der er så krøllet, at den røde farve er helt rundtosset, og hun er vippet bagover på stolen, og har lagt den ene ankel over den anden, så hendes støvlehæle støtter på bordkanten. Hun ser ikke på Lydia, men studerer en papirstrimmel, som hun holder op mod lyset, og siger derpå at den strimmel ikke overholder målet, og skal sakses præcisere, hvorefter hun krøller den sammen, og kaster den ind på bordet, hvor den ruller til hvile som en anklage, og en mindre pige med lang og krummet næse slår blikket ned. Hendes sidekammerat er bleg som mel og hiver efter vejret, og hun lægger kort en hånd på Næsens skulder.

Monstrummet og Håret veksler et brynrynkende blik, mens de to andre får travlt med at finde grimasser der kan passe på bordet og under bordet og nede i skødet, og deres halvt imødekommende smil ved ikke om de skal komme frem, som en meget genert fætter til familiefest. Håret trækker brat støvlerne fra bordet, så stolen giver et smæld da hun vipper frem, og lander et sæt i de to andre. Hun vender blikket mod Lydia:
    - Ja, hun hedder så *Denogden* og ikke Denogder, som du helt forkert sagde, *Lyttia*. Nejnej, det er ikke nødvendigt, siger Håret, og fortsætter, mens hun peger på en ledig stol:

- Nå, men find en saks, og der ligger papiret. Limen står der, og så tager du bare et af de der mål, og klipper efter det, helt præcist, så det er bare at gå i gang. Du kan se efter de andre. Efter det læner Håret sig tilbage på stolen, så hun næsten ligger ned, og hun og Monstrummet begynder at småhviske, men uden at lave noget.

- Er det kun os andre der skal klippe og klistre? spørger Lydia, og hvis øjne kunne gispe, ville Næsen og Hivervejrs gøre det.

- Ikke at det kommer dig ved, men jeg leder og fordeler arbejdet her i GPG2V, *Lyttia*, og Karina sørger for at jeg gør det ordentligt, siger Håret. Lydia betragter det påbegyndte pynt, og lader sit blik smutte rundt på de andre, men går ikke i gang med noget. Håret øjer hende:

- Er der et problem? Er du hørehæmmet? Kniber det med forstanden måske? Skal. Jeg. Tale. Tyde. Ligere? Lydia klarer halsen med et par røm, og siger som tomatpuré der pludselig kommer ud af flasken:

- Jo men, jeg synes bare altså ikke der skal opvære gurrelante i gangen i år. De to mindre piger løfter brat blikkene. Håret glor på Lydia, som om hun er en hårtørrer der ikke vil tænde, og spærrer øjnene op på en påtaget kvajet måde.

- Nåforpokker, så det gør du ikke? Men her i butikken laver vi gurrelante. Som du kan se, siger hun, og peger på gurrelantestumper, der hober sig op hvor de kan.

- En lang en, siger Monstrummet, og ser truende på Næsen og Hivervejr, som begge hurtigt nikker, og den ene ser ud til at holde en hikke, og den anden gumler på et eller andet i kinden.

- Det plejer vi nemlig, siger Håret, som om det i sig selv er en kvalitet.

- Og Former-Finn siger, at vi skal blive enige om noget, og det er vi: meget enige, ikke også piger? fortsætter hun, og Næsen og Hivervejr skynder sig at nikke og mumle ja og selvfølgelig og den slags.

- Nå, men jeg synes det optageligt sagt lyder kedeligt! Lige efter Lydia har sagt det, gemmer stilheden sig bag tavlen på væggen. Næsen prøver at lægge sit blik på bordet lige foran sig, mens Hivervejr skyder små se-pile afsted. Håret har lagt sine knyttede næver på bordet.

- Nå, synes du det, *Lyttia*? Hvad rager det mig hvad du synes? Hvis ikke du vil være med, kan du bare smutte. Vi kan sagtens lave gurrelante uden dig.

- En lang en, brumbasser Monstrummet, der har rejst sig, og tårner svulmende og skæbnesvanger, som et forladt hus i en uhyggelig film. Lydia stirrer på ringene, som allerede er lavet, og papiret, og alles øjne hviler på hende og blikkene er vægte som maser, og lige da stilheden bag tavlen skal til at titte ud, vælder et brus op i hendes hoved, og inden hun når at stoppe munden, eller tænke over hvad det er den har tænkt sig at sige, udbryder den:

- Jamen, jeg har en meget bedre idé! Lydia har fået selskab af et par store røde plamager på halsen. Håret spærrer øjnene op i falsk overraskelse:

- Hvad kan der være under det tomme lyse hår mon, andet end dumt, forkert og ligegyldigt, hva' Karina? spørger Håret Monstrummet, der fniser truende.

- Det er i hvert fald meget bedre end gurrelante. Jeg skal bare lige være færdig med det sidste, insisterer Lydia.

- Ikke fordi jeg er det mindste interesseret, men hvad er det? spørger Håret.

- Hvor? siger Lydia.

- Idéen.

- Til hvad?

- Du har slet ingen idé, vel? siger Håret, og ligner en der lige har løst et vældig nemt regnestykke.

- Jojo, det har jeg. Og idéen er, at der i hvert fald ikke skal være nogen gurrelante i år, men noget helt fantastisk!

Håret smiler, læner sig frem, og hendes blik er rettet mod noget i loftet, og hvis hun spillede en karakter i et skoleteaterstykke ville selv den fjerneste tilskuer være klar over, at hun tænker.

- Nu skal jeg sige dig noget, lille *Lyttia*: Én ting er helt sikker og det er, at i år skal vores gruppe vinde trofæet for bedste pynt, og det er gurrelante, for det laver alle de andre, men vi gør den bedste, og oppe i fysik har de sådan et apparat man kan se meget små ting med, hvad er det nu det hedder, begynder hun, men går i stå.

- Mikroskop! tilbyder Næsen, og bliver med det samme rød i kinderne, og får da også en svider af et isnerblik fra Håret, og Hivervejr lægger igen en hånd på Næsens skulder.

- Et mikroskop, ja, der kan forstørre en masse gange, og hvis jeg lægger min tro på, at du virkelig har en idé under det, tænk, så kan jeg slet ikke finde den, siger Håret lige ind i Lydias nu hvidrasende ansigt.

- Så du kan nok se, at det ikke nytter noget at komme med en eller anden dårlig idé, som du slet ikke har. Idiot! vrænger Håret og Karina gentager:

- Idiot! og så rejser de to store sig, mumler noget om pause, og lormer ud for at gøre hvad den slags har for sig, når man ikke kan se dem, men inden stikker monstrummet hovedet tilbage ind i klasseværelset og siger:

- Gurrelante. En lang én! og så er hun væk.

En håndfuld generte blikke krydser frem og tilbage mellem de tre tilbageværende. Lydia ved ikke noget om dem, andet end at de er grå mus, som hun nu og da ser i gangen. Foran Hivervejr ligger et indviklet udseende stykke papirkunst. Lydia peger:

- Har du lavet det? spørger hun. Hivervejr ser overrasket på hende, og nikker, mens hun hvisker et eller andet.

- Hva'? Jeg kan ikke høre hvad du siger? læner Lydia sig frem og spørger, og Næsen bryder ind:

- Hun siger, at ja, det har hun, og at det er en hund som hun har prøvet at lave, og at det er en gammel oprindtisk foldeteknik hun er i gang med at lære.

- Sagde hun alt det?

- Ja.

- Det er godt nok flot! smiler Lydia, og så smiler Hivervejr, og så smiler Næsen, og en lettelse baner sig vej imellem dem, og generheden, der lige havde det så godt, kan pludselig ikke få luft, og må gå hen i et hjørne og besvime.

- Hivervejr er den bedste på hele skolen til at flette alt muligt, siger Næsen stolt. Lydia nikker. I det samme brager døren op, og en strøm af stor pigelatter vælter ind, og mellem grinene kaster Håret nogle kolde kommandoer om at rydde op, og at det er slut for i dag og farvel farvel, og så smækker de døren, der klipper grinene over så de falder til gulvet som døde møtrikker, men ude i gangen runger de videre.

Næsen og Hivervejr giver sig til at flytte borde, og Lydia hjælper til.

- Er de altid sådan? spørger hun.

- Regitze og Karina? Ja, svarer Næsen. Hivervejr er stoppet op for at tage to dybe vejrtrækninger gennem en rød inhalator.

- Vi havde håbet Regitze ikke var med i år, nu hvor hun er blevet så gammel, men sådan skal det ikke være. Hun er altid med, og vil bestemme det hele. Og hvor hun er, da findes Karina, som de siger er så stor, at hun ikke kan finde sine tanker, og de siger, at hun går en klasse om, og at hun i virkeligheden er en dreng, og det bedste hun ved er at mase puder og børn og alt muligt, og hun maste engang en venindes bedste veninde, og hun er aldrig blevet den samme efter det. Men det må du altså ikke sige at jeg har sagt! beder Næsen nervøst.

- Men, hvis I synes de er så slemme, hvorfor går I så ikke bare ud af gruppen? spørger Lydia, mens hun trækker en stol over gulvet.

- Jeg kan godt lide at klippe og klistre til højhygge, og her må man bruge næsten alt det papir man har lyst til, siger Næsen.

- Nåeh, så du tager noget af det med hjem? spørger Lydia

drilsk og medviderisk, men Næsen udbryder:

- Nej, Lydia, det kunne jeg da aldrig finde på! og både hun og Hivervejr ser bestyrtet på Lydia. Hivervejr piver et eller andet, som får et spørgsmålstegn til at sætte sig i Lydias ansigt, og Næsen læser det med det samme, og oversætter:

- Hun siger, at hun alligevel bliver bestemt over af alle mulige hele tiden, så om det er Regitze og Karina eller nogle andre kan være lige meget. Hun har aldrig bestemt noget i hele sit liv, for det er lungerne der har magten over hende, og når man aldrig kan få vejret ordentligt, bliver man meget ydmyg.

- Sagde hun virkelig alt det?

- Ja.

De tre piger stiller sig op og betragter resultatet af oprydningen.

- Hvordan kan det egentligtalt være at du ikke vil have gurrelante i gangen? spørger Næsen.

- Jeg HADER gurrelante. Det er ALTID gurrelante, så længe jeg har gået på skolen.

- Men hvad skal der så være i stedet for? spørger Næsen, og hendes blik er uskyldigt og øjnene blanke af god sandhed og rar venlighed, og Hivervejr titter på Lydia, mens hendes åndedræt hvæser, og hendes blik plirrer som en nysgerrig babys.

- Noget bedre end gurrelante i hvert fald, mumler hun.

- Jo men hvad? Vi plejer altid at lave gurrelante, siger Næsen forsigtigt, og Hivervejr nikker. Lydia ligner en der tygger på et stykke sejt kød.

- Bare rolig: Jeg har den bedste idé til det flotteste pynt I nogensinde har set, og næste gang skal jeg vise jer det, og så kan I tro at selv Gitzerinaen må give op! siger Lydia, og de to andre fniser nervøst.

- Men Lydia: De er jo de store. Det kommer de aldrig til, mener Næsen, og Hivervejr nikker.

- Selvom vi er mindre, er vi ikke små! siger Lydia, og knytter hånden, så de kan se den.

KAPITEL 6

Frikvarterer kan være store og små eller lange og korte, og ligegyldigt om det er den ene eller den anden slags, så glemmer voksne, der forlængst har fortrængt hvordan det er at være barn, hvor lang tid et kort kvarter kan føles, når man er fanget i en skolegård med vandpost, toiletter, og andre børn, og kun det dumme barn sørger ikke for at holde sig langt fra de tre ting, når frikvarterets frygtelige klokke tvinger alle udenfor.

I skolegården står Sgu-Jytte og sludrer med Ækeld, der læner sig op ad sin kost, og de to voksne danner en aksel, fra hvilken kaskaderne af børn i forskellig størrelse holder sig, og hvis man var en rød glente eller en falk eller en musvåge kunne man stå stille i luften over dem, og så ville de to voksne og eleverne udenom ligne et sjovt hjul uden egre.

Kasper har trukket Maria ned i det fjerneste hjørne af skolegården, hvor kun de modigste tør komme, for lige her kan gårdvagten, hvis der altså er en, ikke altid se hvad der sker, især ikke når der er travlt på klatrestativet. Til gengæld er det også her, at en særlig iskold vind har valgt at husere. Kaspers kasket vipper ivrigt mod Maria, hvis mine minder om alle ansigter, der kæmper med at tælle streger i regningen i køen på posthuset den første i måneden, mens han taler:

- Æv, vi troede lige vi kunne gøre båthare, men så begyndte Ækeld at futte rundt på sin dumme traktor, som han er så glad for. Vi havde ellers næsten fået listet en af rollingernes trehjulede ud fra børnehaven, men så måtte vi løbe. Han bliver jernhidsig, hvis han ser os med sådan en. Så kunne vi jo lige så godt se hvem der kan løbe hurtigst, du ved ude på vejen mod Kereløse, men så faldt Nellemose, nøj, der hak't spætten: Hans knæ var helt fyldt med blod, og så måtte vi, men Kasper får ikke fortalt om besøget hos skolesygeplejersken, og om såret skulle sys, for netop da kommer Lydia hidsende. Hun siger en hel masse meget hurtigt.

- Jeg sagde det jo, replicerer Maria med klaprende tænder, men hendes ord hvisler væk i Lydias røde ansigt.

- Jajaja, hvor er du dygtig, men i stedet for at fryde dig, så skulle du hellere tage at komme på en god idé, som jeg kan få, for jeg har lovet at tage en med næste gang. Maria laver kuskeslag, og giver sig til at stampe i asfalten, og ser den anden vej.

- Nej, det tænkte jeg nok: Du duer ikke til nogetsomhelst. Kasper!?

- Jeg var lige ved at fortælle noget!

- Er det måske vigtigere end mit?

Han ser på Lydia. Hun ligner en sort knast man kan ødelægge et stemmejern på, og få en masse skældud over. Han kommer til at tænke på en mælkebøtteskærm, og hvordan det er dejligt at ligge i skjul i rabattens lange græs, og vente på at et offer kommer forbi, som tror, at tegnebogen de har lagt på vejen og sat en skjult snor i, er tabt, og at der er en klækkelig helt gratis og nem gevinst i vente, og det er sjovest, når det er en gammel mand, som stønner og klager og knækker og klikker for at samle skatten op, og altid bliver eddervred, og råber og skælder, når pungen forsvinder ud af hans skælvende fingre, mens Kasper og de andre lykkelige griner sig væk i skarnsungens fart, og når man venter på den slags sjov under solen og sommeren og vinden og duftene og nulskolens glade puls, er det skønt at puste sådan en mælkebøtteskærm til himmels, og drømme sig med de mange frøs svæven hid og did og højt, frie og uden at ville noget andet end at svæve så langt som muligt.

- Hallo!

- Jaja. Men Lydia, jeg aner ikke et båt om sløjd!

- Papirklip!

- Kan du ikke bare leve med den g'lante der, det er da meget nemmere? foreslår Kasper, der pludselig glæder sig til sommer.

- Ja, ærlig talt: Det er noget værre pjat med dig! medgiver Maria. Lydia stirrer på dem, som om hendes blik kan skære dem ned til små ulmende firkanter. Et øjeblik høres kun vinden, drengenes råb og nogle enkelte pigehvin.

- Nå, så er freden forbi. Der har vi fregnebrillen, sukker Kasper. Maria kigger, og ser en kæmpestor og forbavsende lang parka sejle ind i skolegården. Men frakken kommer ikke over. Den beskriver derimod en stor bue, og ser ud til at have travlt med at komme udenom dem.

- Hvad pokker? Vil han ikke vide af os? spørger Kasper, og lyder en smule skuffet.

- ELMO!? Elmooo, råber Maria, men det ser kun ud til at sætte farten op på den umådelige beklædningsgenstand. Maria stikker i løb, og indhenter parkaen. Lidt efter kommer hun trækkende med den.

- Elmo! udbryder Lydia.

- Elmo! Det var bedre da du var væk, siger Kasper lavt.

- Vær hilset! siger parkaen, for inde i hætten bor en hel stamme af fregner, som et par runde briller ikke kan holde fangne.

- Det er godt at se dig. Jeg troede, du var skidt, siger Maria. Elmo betragter Kaspers tynde vindjakke.

- Fryser du ikke i den? spørger han som en rig dame, der kigger ned på en beskidt tøs i køen i et supermarked.

- Du ligner en målerlarve på højkant. Hvorfor går du rundt i din sovepose, har de smidt dig ud hjemmefra? svarer Kasper, og skal til at sige noget mere, da han får øje på en damp, som stiger ud fra Elmos hætte.

- Æh, koger du kartofler inde i den der? griner Kasper, og peger på parkaen.

- Ja, du ler Kasper Erritslev, men jeg har just installeret mit eget selvopfundne klimaanlæg i min parka, som jeg selv har konstrueret, og mens I står i stivkulden og er på nippet til at hypotermiere og blive stærkt forkølede, så har jeg det fænomenalt og vidunderligt i det fantastisk ringe vejr, siger Elmo, og tilføjer:

- Nå, men jeg skal videre, og han er ved at tage et skridt, da Lydia griber fat i parkaens ærme.

- Næhæ du, du skal ikke komme her og blive borte, når du skal hjælpe mig med noget, Elmo. Nu skal du bare høre, begynder Lydia, men Elmo vrider sig løs af Lydias ærmegreb, og vifter afværgende sine hænder.

- Jeg stopper dig lige der Lydia. Ser du: Jeg har nemlig besluttet at holde fri resten af året. Ikke noget med at tosse rundt og skulle alt muligt. Ikke noget med at finde på noget som helst. Ikke assistere nogen af jer med noget, ikke få travlt og blive mødig. Jeg holder fri. Jeg skal ikke op på nogen top, eller finde på gode gerninger eller være klog og vide en hel masse. Jeg vil nyde at se højhyggen komme stille og roligt, og hver dag skal være en stor, varm og dejlig dyne, under hvilken jeg ikke skal sysselsætte min person med andet end grundigt og helt fredeligt at højhygge mig. Basta. siger Elmo, og nikker eftertrykkeligt. Hans briller dugger. Ikke desto mindre har et fredsommeligt smil sat sig om hans læber, og alle med øjne i hovedet kan tydeligt se det store nej som blomstrer i ham, og ligner en solbakket blomstereng med lidt rolig skov omkring, en lille myggefri sø og helt tom for farlige køer.

- Men Elmo, jeg er i fare! siger Lydia, og en lille tåre har sneget sig ind i hendes stemme. Maria og Kasper ser forbavset på hende.

- Æj, begynder du nu på det igen, stønner Maria, og Kasper nikker.

- Du ligner ikke en der er i umiddelbar, begynder Elmo, og tager sig i det: - Nej! Jeg vil ikke! Jeg vil ikke vide noget om det. Jeg har ingen mening om noget, jeg er her slet ikke. Jeg har det godt, jeg har det dejligt, og nu vil jeg gå min vej, måske vi ses efter nytår.

- Ahr, vi ses da i skolen hver dag, Elmo, hold nu op, siger Maria, og prøver på skrømt at stille sig i vejen for ham. Lydia tager igen fat i hans ærme:

- Men, Elmo: Det er bare én bittelille idé jeg skal bruge! De andre kan ingenting få, men du kan, Elmo, og hvis bare du hjælper mig med den her ene ting, så kan du have hele december totalt for dig selv. Jeg lover ikke at forstyrre dig! Elmo, det bliver så dumt for mig, hvis ikke jeg får en god idé til noget andet end gurrelante. Elmo! jamrer hun, da Kasper udbryder:

- Nå, der har vi Beastæren! og et sæt hopper i Lydia, så hendes skind et øjeblik har svært ved at holde sig fast på kinderne, men det finder hurtigt en sur mine at klamre sig til. Hun slipper omgående Elmos ærme. Maria spjætter, og udbryder:

- Ej, jeg HADER, når du råber op på den måde Kasper. Jeg får et chok hver gang, siger Maria, og prøver at tage luften ud af øjnene, der har spilet sig længere op, end hvad der tjener udseendet.

- Beatrice Bender, Bladet: Så ved du bedre! siger den

nytilkomne, en gåpåmodspige med runde briller, fornuftigt hår, og tøj der ikke ved hvordan det skal se andet ud end sjusket, men hun blinker lige så sjældent som en ugle, og ligner altid en der er ved at stable det største korthus på egnen. Hun holder en åben notesbog med en blyant hævet over, som en symaskinenål der er parat til at hæfte ord til papiret, mens hun betragter Elmo, som en der er vant til at spise den bedste mad til sidst. Kasper følger hendes blik, og råber:

- Tynde! Det gipper i Elmo, og hovedet giver sig til at rotere i parkahætten, så det ligner, at en alt for langhåret rød rotte suser rundt derinde, indtil han febrilsk får skrabet hætten ned, så han kan se sig om til alle sider, og konkludere at det råbte ikke oplyser om tilstedeværelse af skolens værste og eneste tabult: Drengen og myten Favl Welterkraffl, som alle kalder Tynde. Ejheller Tyndes kumpaner, Tykke og Bumse, der selvom de begge er væmmelige og lede, ikke er en tiende- eller tolvtedel så skærrædselsfrygtindgydende som Tynde hamselv med de kolde rastløse øjne, som ingen har lyst til at blive set af, ikke engang de voksne, for alle har et eller andet kært som de vil beskytte, men ikke Favl, ikke engang sig selv passer han på, men er derimod så hadsk overfor sin egen person, at han er ægte ligeglad med hvad der sker ham, hvilket gør ham til en farlig og uberegnelig kraft, og i hemmelighed misunder de voksne ham hans frihed, for hvad skal han andet end ingenting? og når Tynde, som ingen helt ved om er færdig med sin skolegang eller ej, og dem midt i det største pjækkeri, der nogensinde er registreret i det vangske skolesystem, alligevel dukker op på Lillevangskolen, da falder en stilhed over ikke bare skolegården, men også de nærliggende huse, hvor de hjemmegående damer pludselig skutter sig og må finde sokker og hjemmesutter frem og skrue op for varmen. Siger man.

Kasper skraldgriner.

- Små hjerner, små fornøjelser, siger Elmo udenom et kløjs, der prøver at lægge sig i vejen for hans ord, og forsøger samtidig at undvige men dog liste sig ind i Beatrices strålende blik. Hans mund tager helt selv et smil på, som hans nedvendte øjne kan blinke til.

- Havde du ikke travlt? spørger Kasper spydigt.

Beatrice vender sig mod Maria.

- Maria Larsen, korrekt? spørger Beatrice, og peger på hende med sin blyant.

- Æh, jo.

- Beatrice Bender, Bladet: Så ved du bedre! Må jeg spørge dig om noget?

- Det kommer an på om hvad?

- Maria: Bladet: så og så videres erklærede mission er til alle tider at be- eller afkræfte rygter der måtte husere på Lillevangskolen, så at sige skille bremsespor fra underbukser, indtil kun sandheden er tilbage at rapportere. Og lige i denne tid har vi enormt travlt, og derfor vil du være os til stor hjælp, hvis du kan opklare noget for os?

- Og hvad er det?

- Maria Larsen, kender du Denogden Detogdet? spørger Beatrice, og nu får Marias øjne travlt med at være flere steder på én gang, for Lydia har givet sig til at vifte og gebærde, og det ligner ikke, at hun synes det er en god idé at svare noget som helst på det spørgsmål.

- Altså, vi går til kor sammen.

- Og du har vel hørt, hvad der er sket med hende? spørger Beatrice, og ligner en fisker fra Oprindten, der står i en rivende strøm med hævet spyd.

- Sket?

- Denogden Detogdet var ude for en ulykke med sin cykel forleden. Jeg forsøger at danne mig et overblik over forløbet, omfanget af hendes faktuelle skader, og så det der løber rundt som rygter. Kasper siger ivrigt:

- Jaja de siger, at hun er faldet, og har åbenbart slået sig slemt. Pludselig røg hendes forhjul af.

- Af? På cyklen? spørger Maria.

- Ja, midt i et sving, og de siger, at hun har brækket hovedet og er død, eller i hvert fald 37 knogler, og armene, og de siger at nogen har saboteret hendes cykel og savet stellet halvt over og styret og suget en kugle ud af forhjulsnavet, og at nogen har trænet en stor sort hund til at brase ud af en hæk for at vælte hende, og løsnet bremsen og spændt en snor over vejen, så hun er blevet halshugget!

- Halshu... Er det rigtigt!? udbryder Maria med bævende stemme, mens Kasper nikker, og sender et strålende smil mod Beatrice, men grimassen løber ind i et ansigt så lukket som et stivfrossent el-elektrisk hegn, hvor den ikke kan finde ud af at lægge sig ned og dø.

- 'De siger' er Bladets fjende nummer 1, og 'de siger' skal

bekæmpes med alle midler, thi rygter er rygter og ikke sande, men en kræft der vokser i verden, og med sandt skal løgn fordrives, og Bladet: Så ved du bedre! er den le hvormed vi skal slå rygternes brændenældeskov ned, og hos os udgiver vi ikke så meget som et komma førend alt er grundigt faktatjekket, og i dette tilfælde er det sandt og sikkert at sige, at Denogden Detogdet har brækket begge håndled afstedkommet i forsøget på at afbøde cykelstyrtets alvorlighed, til hvilket Lydia udstøder et hånligt fnys:

- Vi? Der er da kun dig, Beatrice, og til det svarer Beatrice, der er blevet rød som et jordbær i juni:

- Mig og sandheden, Lydia Wengen, og Lydia efteraber, og vrænger det samme på en kvajet måde:

- Mig og sandheden, Lydia Wengen, hvorpå hun fortsætter:

- Det er egentlig underligt: Det bliver efterår hvert år, men lærer folk at køre ordentligt på cykel af den grund? Næ, det gør de ikke. Hun, som jeg ikke aner hvem er, er nok blevet forskrækket af den lille hund i nummer 10, som åbenbart får lov til at fare ud og skræmme ærlige skolebørn uden at nogen gør noget ved det. Det skulle du hellere tage at skrive om, Beatrice, og nu har vi travlt med andre ting end at snakke med dig, så farvel farvel, og hav det godt! Et øjeblik krydser de to piger blikke, som er de lange blanke klinger.

- Mon ikke du skulle spørge Denogden selv? Hun må vel bedst vide hvad der er sket med hende, tror du ikke? foreslår Maria forsigtigt. Men ingen lytter.

- Lydia Wengen, Beatrice Bender, Bladet: Så ved du bedre!

- Jeg VED hvem du er Bea, du behøver ikke, men bliver

afbrudt:

- Godt jeg lige fanger dig.

Jeg står her. Jeg har stået her hele tiden. Hvordan kan du så fange mig? Lydia ryster på hovedet.

- Lydia Wengen: Kan du overfor Bladets læsere bekræfte, at du nu er medlem af Gangpyntergruppe 2. Vest?

- Bladet er vel så meget sagt. Det er bare et stykke papir, Beatrice, siger Lydia.

- Korrekt, men der står noget på begge sider! udbryder Beatrice.

- Skal du ikke også spørge mig om noget, Bea? siger Kasper, men får intet svar.

- Pas dig selv, Bea, siger Lydia.

- Lydia Wengen: Er det ikke sandt, at du aldrig førhen har udvist nogen som helst interesse for gangpynten her på skolen?

Der står så spørgsmålet ude i luften, og vil have noget, og går ikke bare væk igen.

- Du kan spørge til solen holder op med at stå op i øst, og du kan skrive alle de løgne du kan komme på i din dumme skolesprøjte, som ingen har bedt dig om at lave, sålænge det ikke er om mig, siger Lydia, og har knyttet hænderne.

- Du må godt skrive om mig, Bea, siger Kasper.

- Men Lydia Wengen, Bladet: Så ved du bedre! beflitter sig på netop IKKE at kolportere løse rygter og løgne som du kalder det, men er, som jeg just har forklaret Maria Larsen, sandhedssøgende i al vor virke, det står faktisk i vores fundats, så det kan vel kun komme dig tilgode, at vi rydder rygternes krat, indtil de rå fakta står tilbage? siger Beatrice, og Elmo fniser.

Lydia stirrer på Beatrices lille lede notesblok, som de siger hun selv laver, der ligger åben i hendes dumme hånd.

- Vil du ikke vide hvad jeg lavede igår? indskyder Kasper, men indkasserer ikke så meget som et isnende blik på sig.

- Du kan tro hvad du vil, for andet end fantasi og gætværk er det ikke hvad du kommer med, og jeg har ingenting at sige til det, for alt hvad du siger, er noget du finder på i stedet for at finde noget sandt at skrive om i din dumme avis, som ingen gider læse! siger Lydia.

Et ark papir flyver i det samme hen for fødderne af Beatrice. Hun samler det op, og glatter det nænsomt ud. Det er et eksemplar af Bladet: Så ved du bedre!

- Er det rigtigt, at du stryger dem som folk har stoppet i skralderen derhjemme? spørger Kasper, men hans spørgsmål ryger direkte i dybfryseren.

- Du skal vide én ting, Lydia Wengen. Når først vi har færten af en god historie, så bider jeg, vi os fast som en grævling! siger Beatrice, ignorerer Lydias lynende øjne, og trækker sig frem til Elmo ved et blik, der kun hviler på ham, og de stiller sig som om de er alene i verden, og omsider kan få lov til at tale om det som er rigtig vigtigt.

- Vær hilset Elmo, din gamle bajads! siger Beatrice, som om han er en større opfindelse end ispinden.

- Salutasion Beatrice, svarer Elmo, og ligner en, der omsider har fundet den møtrik, som ellers var blevet væk.

- Går det ellers godt på arbejdet? spørger Bea.

- Klager ikke, altid noget at pusle med. Dig?

- Spændende tider, Elmo, interessante tider, svarer Beatrice, og fortsætter:

- Udover de hændelser der automatisk opstår som resultat af mange menneskers daglige interaktion, forbereder jeg et portræt af fru Skuyte, som dog indtil videre har nægtet mig et interview.

- Af hva' vil du? udbryder Maria.

- Nej, virkelig? Hvor spændende, kvidrer Elmo.

- Vidste I, at hun engang var spydkaster?

- Det er løgn!? siger Maria.

- Jojo, på højt niveau. Men så fik hun en albueskade.

- At du vil skrive om hende, mener jeg: Det er løgn. Hvem gider læse om hende?

- Ingen kender andre for alvor. Alle bærer på noget særligt, og har overraskende og ukendte historier at berette. Jeg er uenig med inspektøren i mangt og meget, men hans projekt med at få alle til at engagere sig mere i hinanden, så vi kan lære om hverandre og blive en god og venlig skole, det støtter jeg fuldhjertet.

- Det er meget modigt af dig, Beatrice, sådan at grave efter det som er rigtigt i en der ærlig talt virker temmelig væmmelig, siger Maria, og lægger endda en hånd på publicistens skulder. Et øjeblik varmer sig ved en søstersolidaritet, indtil det får andet at lave, da et skævt retangel af en pause lægger sig mellem de fire, indtil Lydia spørger surt:

- Kender I hinanden?

- Ja, Lydia, svarer Elmo.

- Nå, mumler Lydia, mens Beatrice begiver sig videre ud i samtalen.

- Ja, Elmo, som du selvfølgelig allerede har forstået, prøver vi at stykke hændelsesforløbet sammen, der fører til Denogden Detogdet's mystiske cykelstyrt forleden, hvor hun åbenbart lander i en massiv bunke rygter, for det flyver op med den ene mere fantastiske forklaring efter den anden, og det er, skal jeg sige dig, noget af en opgave at rydde op i al det sludder som florerer blandt folk, Voxbevares.

Elmo nikker, og spørger til specifikke knogler og Beatrice svarer, og de begiver sig ud i et hav af anatomiske detaljer og faktaindhentningsrelaterede operative greb, indtil Kasper sukker:

- Hvordan kan I to tænkehjerner have så meget professorsludder indeni? Derpå mumler han noget om hvor kort livet er, render over til sit slæng, og efterlader dermed Lydia og Maria til at stå udenfor og forladt i suset af de mange indviklede ord som går frem og tilbage mellem Elmo og Beatrice, indtil hun udbryder:

- Nåforpokker, jeg skal jo ind at dukse til matematik. Tiden flyver i godt selskab. Må jeg stille et forslag?

- Fortæl forkynd beret.

- Kunne det være Dem betimeligt at slå mig følge, hr. Neuwirth?

- Fortrinligt påhit frøken Bender! Det vil jeg umådeligt

gerne, smiler Elmo, og så luller de to langsomt af med sunde røde kinder, og Beatrice lister en arm ind under hans. I det samme ringer det ind. Signalet hjælpes godt på vej af den isnende vind, og skolegården tømmes inden klokken er færdig med sit arbejde. Lydia ser efter dem. En stor hvid tingest dingler og hopper fra Elmos hætte, som om han er en rolling, der skal ses i trafikken. Vinden tager et ekstra stort slag, og får hendes blik til at hvirvle rundt, så hun er ved at blive tosset. Maria betragter Lydia, som et klogt barn gør, når det lige har set lunten til et stykke lidt for stort fyrværkeri gå ud.

- Lydia?

- Ja?

- Altså, jeg er ret sikker på at Denogden Detogdet har sagt at hun er med i den der gangpyntergruppe. Men man kan vel ikke lave gurrelante med brækkede håndled, kan man? spørger hun.

- Det kommer nok an på hvordan man har brækket dem, tror jeg. Men jeg ved det ikke, gør jeg vel Maria? svarer hun, mens hun stirrer mørkt efter de to tænkehjerner.

Klokken holder inde, og Maria sætter i løb. Kun genklangen står tilbage, og så forsvinder også den. Lidt efter er Lydia alene med blæsten. Hun knytter sine hænder lige ned i asfalten, indtil det gjalder:

- TØS! TØS MED RØD HUE! KAN DU *SÅ* KOMME IND!

KAPITEL 7

Lydia ser sig om i sit værelse, der har bedt om at få lidt lys, for mørkningen er på vej udenfor, og de to enes ikke så godt. En god idé! Hvordan får man en god idé? Hvad er i det hele taget en idé? At lave noget nyt? Det skal jo i hvert fald være bedre end det gamle, ikke? Det er vel ikke noget man finder, som dengang hun faldt over midler midt på gaden, og Kasper var med, og hun ville ikke dele med ham, selvom han synes, at hun skulle, for det var da hende og ikke ham der fandt midlerne, og hun købte en af de store slemme kager hos Bager Gerhardt på Rundtorvet, og spiste den hele selv, og så ikke rigtig noget til Kasper resten af det år? Kan man lede efter idéen, som hvis ens penalhus er blevet væk? Hænger den i gardinet derovre?

Hun prøver at sige: Jeg har en idé! og så gribe hurtigt ud i luften, som når hun prøver at fange en sommerflue. Men da hun åbner hånden, er den tom. Nej, det har jeg ikke, for hvor er den? Lydia grumler over hvor lidt idé hun har. Det eneste hun kan se helt tydeligt er, hvor meget ingen gurrelante der skal være i hendes gang.

Kan man købe en idé? Jeg vil gerne bede om tre idéer og et lyst indfald, tak. Har du en pose at have dem i? Kan hun stjæle en idé? True sig til den? Uha, true, det er sådan et ord. Hvor kom det fra? Lidt efter ligger hun på knæ, og roder rundt i sin hemmelige kasse, der bor under sengen. Endelig finder hun hvad hun leder efter, og trækker en gammel dukke frem. Selvom den er iført kjole, har den altid heddet Dukke-Lars. Hun retter lidt på hans tøj. Det ene øje er lukket. Indeni hende er det som om noget drejer rundt, for så at standse med et klik. Hun tager ham med sig til sit bord, stiller dukken op, sætter sig, og retter lampen lige mod den, så han ikke kan vende sig væk fra lyset.

- Giv mig en idé! siger hun meget bestemt til dukken, der hverken åbner øjet eller noget, men bare står og ser dum ud.

- Hvis ikke du giver mig en idé, så, siger hun, men holder inde. Hvad så? Ej, skal hun virkelig være nødt til at finde på en idé til hvad hun skal true med for at få den idé hun har brug for? Der var den igen. Få. Men hvem er det der giver? Det lyder nemmere at tage en idé, men hvem ligger lige og roder med sådan en som passer på det hun skal bruge den til? Plus at den skal være god, og det udelukker at gå til en voksen, for kun det dumme barn går til sådan en for at få hjælp til andet end lektierne eller en rundtenom eller midler til skoleudflugten, for de tager det man spørger om, og giver altid et helt andet svar end man har brug for, som at '*ryd op på dit værelse*', eller '*det kan der ikke være tale om før efter du har lavet lektier*', eller det mest sædvanlige: '*Hvad skal du bruge det til?*' og '*nej*', bare nej fordi, eller især '*jojo, jeg skal bare lige*', og når lige endelig er færdigt, er det altid dumt hvad de foreslår.

- Dukke-Lars: Hvis ikke du giver mig en idé, så fortæller jeg vitser indtil du har ondt i maven af grin! Hun ser nøje på ham. Han ser ikke ud til være det mindste bekymret. Måske han er sådan en der elsker at grine, ligesom Kasper. Hvis ikke, så. Hvor mange gange har hun ikke hørt det? Der findes flere trusler i et barneliv, end der er regndråber i en sky. De voksne slynger om sig med dem hele tiden, og de store siger dem endnu mere, og tittere end sjældent ender det med buksevand og gulvfisk og niv og hiven i håret og kasten tasker op på taget og piftede cykler og skrammer og gråd og mange og lange bagtalerier. Hun har hørt på trusler altid, og måske endda selv stukket nogen ud, men hvad er en trussel egentlig? Hun stirrer på Dukke-Lars, og igen drejer noget i hende, og atter stopper det med et klik.

Hun hopper ned fra stolen, er væk et øjeblik, og kommer så tilbage.

- Nu mener jeg det: Hvis ikke du giver mig en god idé, så får du med den her! siger hun, og viser Dukke-Lars en stor sikkerhedsnål. Men han sidder bare der med et hovent blik, som om han slet ikke lytter til hvad hun siger. Klik! Og så kan hun pludselig se nålen presset mod hans runde kind. Plastikken byder spidsen lidt modstand, og hun kan mærke sine muskler brænde lidt, ikke på en dårlig måde, men som om hun pludselig kan suse hele skolens løbebane rundt på en enkelt indånding, og så hopper den fornemmelse op i hendes øjne, der bliver smalle som en skuffe på klem, og lige efter det kommer den der drejende fornemmelse indeni, bare værre, og pludselig står maven på hovedet, og hun må styrte på toilettet.

Alt muligt mærkeligt suser rundt indeni, mens hun stirrer ned i kummen, og skal ikke alligevel, og det klikker i en uendelighed, som gør hjertet hopartet, og tankerne snurrer indtil hun bliver så svimmel og arrig, at hun er nødt til at hidse sig udenfor, og hurtigt smutter hun forbi alle de *du skal lave dine lektier først* og *har du ryddet op på dit værelse*, og *har du husket at gøre dine pligter*, og *nej du skal ikke ud at føjte nu, vi skal snart spise,* som huset er fyldt af.

Vejret har iført sig tåge, og skumringen leder efter en frakke hun kan tage på. I den lille stump skov som ligger mellem Lydias hus og selve Lillevang, stiller hun sig ved et tilfældigt træ.

- Giv mig en idé, eller jeg graver rødderne op på dig! Men træet står blankt af væde og tager imod uden at flytte sig, og hun kan tydeligt høre at det siger:

- Med hvad? Du kan bare komme an, ubetydelige tøs, du har jo ikke så meget som en teske at kradse i min bark med. Tøs! Lydia sparker til skumringen, men det flytter den sig ikke af.

Lillevang hviler i en dalsænkning i et bakket morænelandskab, som en håndfuld blodige hagl i et af skadestuens stålbækkener, når voksne har tosset rundt på efterårsjagt med geværer og lidt for mange spidser Hårdt Vejgreb i sig. Rundt om byen ligger landet og markerne og skoven. Husene trykker sig sammen i deres novembermørtel, og buske og træer dukker grenene i disen. Et sted nogenlunde midt i byen, kan man stille sig og se ned ad en lang og lige landevej, der strækker sig indtil syd for alvor begynder, og de siger, at man når slutningen af Vang, hvis man fortsætter. Men den vej skal hun ikke. Hun skal kun derhen, hvor der ligger en god idé og venter, og hvorfor kan hun ikke finde den? Ikke at kunne få en idé er næsten som at have kvalme, men uden at kunne kaste op. Det sidder bare fast og bliver værre og værre, omtrent som at kede sig.

Hun går i en bue udenom grillen, der lyser og lugter, og hvor lastbilschaufførerne gumler på pølser og drikker kaokaomælk, inden de skal videre for at flå farten ud af landevejen, og de store drenge spiser stærke krassere, mens de er dovne og trætte af at vokse, måske det er derfor deres stemmer er underlige, og de er hverken børn eller voksne, men sidder fast et ukendt sted, hvor alle ser ud som om de hverken kan passe deres tøj eller kroppen det skal sidde på.

Hvem er god til at få en ide, hvem er god til at få en idé, hvem er god til at få en idé? Elmo er ikke andet end én stor idé, og han ville så nemt som ingenting kunne hjælpe hende. Han drukner i idéer, og kan vælge og vrage, og endda mene at en idé er dårlig og smide den væk, men at give en af dem til hende, der sådan trænger, nænej, det vil han ikke, dumme Elmo, der kun tænker på sig selv.

Lydia dasker til lysene der stråler her og der, og rækker hemmeligt tunge af de duknakkede lillevængere som hun passerer, og hun vrænger mod butikkernes dumme varefyldte købmig købmig ruder, og messemumler dumme Elmo og dumme Maria og dumme Kasper og dumme voksne, dumme

Former-Finn og dumme Regitze og dumme Karina og dumme Regitze og dumme gurrelante. Nåja: Og dumme Beastær!

Lige da Lydia er allermest midt i ikke at måtte være ude, puffer noget til hendes læg, så hun udstøder et lille pigeskrig, der, da først det er sluppet fri, nægter at komme tilbage, og istedet giver sig til at hænge i de bladløse trækroner over hende.

KAPITEL 8

Efter at have hængt så længe det kan, desværre ikke nok til at gøre noget godt for lydens lænd, falder Lydias lille forskrækkelsesudbrud ned på fortovet, hvor det slår sig, og ruller hen i en pøl af lys, som en gadelampe står og taber hele tiden, så det kan dø. En stemme lige ud af mørket putter en ny forskrækkelse i hende. Den siger:

  - Du skal ikke være bange. Men det er nemmere sagt end gjort, når noget bliver ved med at puffe og nappe, og Lydia kan ikke se hvad det er, men hører en underlig lyd, som om noget puster tungt i mudder, eller en våd fugl har halsbetændelse eller en klistret trold tager sølebad. Hun misser mod lygtepælens el-elektriske lysfald, der slås med skumringen, og ser så at stemmen tilhører en mand, der ligner en mindre rund skulptur knyttet sammen af gammelt læder. Den har en kalot på.

  - Hun gør ikke noget. Hun vil bare kløs bag øret, siger han, og det ledsages af et klart og tydeligt ØF!

- Jeg er ikke så glad for dyr, siger Lydia, og fører hænderne nærmest op under hagen, mens hun sidetripper. Væsenet følger glad med.

- Svin Gris er ikke et dyr, men min ven, siger manden, og spørger hvad hun hedder. En stor lugt der overhovedet ikke minder Lydia om flæskesteg eller skinkesalat eller mørbradbøffer med smør og champignon, stiger op omkring hende.

- Jeg må ikke snakke med fremmede, siger Lydia, der er blevet presset op mod et stykke hækstakitagtig noget, og må leve med øffekroppens kærlige masen.

- Nåja, sådan kan man også være til og have travlt med at passe på sig selv, så ingen magi kan trænge ind. Men derfor kan du jo godt sige mig dit navn, så jeg ved hvem det er jeg ikke snakker med.

- Jeg hader tryllekunster, siger hun.

- Du kender dine grænser. Det er en stor egenskab at have, klukker manden, og begynder at lokke sin gris til sig.

- Lydia hedder jeg. Skal du have den der til højhyggen? spørger hun. Et bestyrtet udtryk børster alle andre miner af mandens ansigt.

- Hun er min bedste ven! Æder du dine kammerater måske?

- Man kan da ikke have en gris som hund?

- Hunde er nogle svin! spytter han, og ser nærmere på Lydia.

- Er du på gåomkring? spørger han indforstået.

- Hvad er det?

- Det ved du, hvis du er det, siger han, og gør et lille knæk med hovedet.

Nu da grisen nøjes med at grynte og glo på hende og have travlt med at være et svin, kan stemmen bære lidt flere ord, for halsen er ikke længere fyldt med hjerte og slag.

- Nu har jeg sagt mit navn. Skal du så ikke sige dit?

- Jo, selvfølgelig. Jeg hedder hr. Hr. Mand. Men du kan kalde mig Hermann.

- Nåeh, du er ham der kunstneren ude forbi Deppendrup bakker. De siger, du er skør.

- De siger vist mere end det. Men du ser da heller ikke alt for normal ud?

- Hvad mener du?

- Nåeh ikke noget. Det er bare, jeg genkender blikket.

Svin Gris øffer rundt, og Lydia skæver til manden, som virker helt anderledes end nogen voksen hun nogensinde har mødt. Man skulle næsten tro, at han er tom for alder, selvom han slet ikke ser sådan ud. Og med ét ser hun klart.

- Hov! Du er kunstner, ikke? spørger hun.

- Det troede jeg, vi havde etableret. Men jo: Hun har valgt at udtrykke sig gennem mig, det kan jeg ikke nægte.

- Hvem?

- Kunsten, Lydia.

- Nå. Godt, for jeg mangler en idé. Og den skal være god!

- Ah, ja, idéen. Åh, du flyvske skabning, der venter bag hvert sekund, og dog gemmer dine skørter.

- Hvad?

- Og denne idé skal være nøglen til hvad?

- Jeg ved ikke, hvad du snakker om, men jeg vil bare ikke
have at der skal hænge gurrelante i vores gang. Jeg HADER
gurrelante.

- Så din idé skal sørge for, at ingen gurrelante kommer op?

- Nej, for det får jeg selvfølgelig ikke lov til. De vil
allesammen have, at der skal pyntes op til højhygge. Det er en
TRADITION, siger de. Det PLEJER vi, siger de. Æv!

- Akja, tomhedens æstetik: At skue over ingenting og se
rørelsen bag det meste. Har du spurgt, hvad der kommer efter
plejer?

- Hva'?

- Åhr, du er lige så kedsommelig som alle andre mennesker:
Taler du ikke vangsk, lille pige?

- Jeg er ikke lille!

- Bevares! Nå, nu gider vi ikke snakke mere med dig, farvel!
siger han brat, og skal til at vende sig.

- Nej vent: Du skal give mig en idé. Dit svin har forskrækket
mig, udbryder Lydia.

- Og hvad så?

- Hvis jeg siger derhjemme, at du har pudset din gris på mig,
så er det børnemishandling! Af os to er jeg den mindst
mærkelige, så hvem tror du de tror på?

- Touché, Lydia.

- Så giv mig den idé, befaler Lydia, og nyder hvor godt den
trussel sad. Kunstneren betragter hende i eftertænksom
tavshed. Så sukker han dybt.

- Her prøver man at passe sig selv, og omhyggeligt sørge for
at ikke engang ensomheden kommer på besøg, og så skal livet

alligevel mase sig ind bærende på endnu et modbydeligt stykke menneske, det insisterer på at præsentere. Aldrig har man fred!

- Hvad?

- Har du snot i ørerne?

- Giv mig så en idé, ellers! kræver hun, og huhej hvor det er dejligt at trusle, og så endda et rigtigt menneske, godt nok med kalot, men alligevel.

- Ja, det kunne jeg, mange endda. Jeg kan nærmest ikke slå mig frem for dem! siger han alvorligt.

- Mange tak. Det er heller ikke for meget, når man sådan overfalder små piger med sin svinehund. Så bliver det alligevel igen til at holde ud at være mig, sukker hun lettet.

- HUN ER IKKE EN HUND! råber han, så Lydia spjætter. Hr. Hr. Mand ser vældig bøs ud et øjeblik, indtil han rømmer sig:

- Men det har jeg ikke tænkt mig, Lydia.

- Hva'!?

- Ser du, ingen af mine idéer er i nærheden af dem almindelige mennesker kan få. Mine indfald er skænket af Kunsten, og derfor alt for store og dybe, og ren gift for sådan en som dig. Din sjæl ville dø, hvis du skulle tumle bare fem sekunder med en brøkdel af det Kunsten lader stige op i mig hver dag. Men jeg kan give dig noget andet, nemlig et godt råd: Man bør aldrig stille sig tilfreds med den første idé, men arbejde videre, helt forbi hvad man tror er muligt. Ser du: De første idéer kan være en prøve som Kunsten stiller dig, for at se om du virkelig mener det, og om hun skal tage dig, for de allermest fleste griber det første det bedste indfald, og halter afsted med det, og så står der en bro eller en dueskræmmer eller en underlig cykel, eller måske ligger en tegning eller lidt tilfældige skriblerier eller klatpjatterier og flyder i en skuffe et sted, og til middagsselskaber koketterer frembringerne med at de har en kunstnerisk åre, men de er allesammen folk som Kunsten har afvist, og er ikke for andet at regne end slapsvanse og charlataner! Men vid dette: Hvis hun vælger dig, så har du en ven for livet, og behøver aldrig mere fundere over hvem du er, eller hvad din tid er til for. Til gengæld er du for evigt ledsaget af en vind der aldrig lægger sig, og altid holder dig vågen.

- Du er jo værre end Elmo! stønner Lydia.

- Jeg ved ikke hvem det er, men jeg har lige givet dig dit livs største gave. Farvel!

Denne gang gør han alvor af afskeden, og lader mørket, der næsten har overmandet skumringen, sluge sig. Hun stirrer efter lædertøndemanden og hans åndssvage hat og hans totalt manglende respekt for hendes trussel. Så stæser hun efter:

- Vent! Hvordan får jeg en idé?

- Kan du ikke bare pille af? stønner hr. Mand.

- Jamen, jeg skal nok selv få den idé så, men sig mig i det mindste hvor jeg skal lede?

Svin Gris morer sig herligt med at løbe frem og tilbage mellem dem, så Lydia flere gange er ved at falde.

- Jeg blander mig aldrig i hvor det hele kommer fra. Jeg bukker og takker for alt hun giver mig, og så arbejder jeg hårdt på at lyde Kunstens bud. Der findes ikke andet.

- Jamen, skal jeg ligge i badekarret og vente, eller gå i skoven og sidde ved bækken, hvor der er væmmeligt meget mudder, eller tage mine bedste sko på, eller hvirvle rundt som de der mænd med kjoler i Oprindten jeg har set i verdenslære? Hvornår kommer den idé jeg skal bruge? Jeg kan ikke engang tegne!

- Alt det viser Kunsten dig, hvis hun tager dig. Ingen andre kan eller skal hjælpe dig med at kunste. Det er en privat sag mellem dig og hende, og hvis du ikke lader mig være nu, så pudser jeg Svin Gris ægte på dig! Du kan tro, hun kan bide. Lydia gør holdt, og det aparte par forsvinder.

Hele vejen hjem bander og svovler hun, og dummer dem allesammen. Ingen vil hjælpe hende. Hun er mere alene end ham dumme hr. Mand og ingenting virker og Beatricer og Ritzeginaer og Former-Finner og Elmoer og hvem ved hvem skal bestemme over hende til evig tid.

Men hvor natten er dybest, vågner Lydia, som om noget har løftet hende ud af søvnen på kæmpevinger, og et eller andet dingler og kastes frem og tilbage en tid, og kommer så helt til syne, og der er den lige midt i mørket, frit fremme foran hendes blik, og hun stirrer på dens lys:

IDÈEN!

KAPITEL 9

I samme øjeblik de to store omsider og for sent møder op til pyntemøde i GPG2V, kaster Lydia sig over dem med mange og ivrige ord.

- Lad os nu lige komme ind ad døren, fniser Regitze, sætter sig på sin stol, og Karina placerer sig tungt ved siden af.

- Jamen, som jeg lovede sidst, har jeg taget idéen med, og den er meget bedre end gurrelante! svirrer Lydia som en hidsig hveps.

- Det har jeg svært ved at forestille mig, og nu skal du sætte dig ved de andre og være en god pige og tage din medicin, for du har da brug for at falde ned, og hjælpe os med gurrelante, og ikke tro du er noget, for det er du ikke, og hvis ikke du kan finde ud af ikke at være noget, andet end en lille flittig gurrelantemaskine, så synes jeg du skal fise af og lade os andre være i fred.

- JA! knurrer Karina, og ligner en der kan finde på at rejse sig fra stolen hvad øjeblik det skal være, og da hun lige har sat sig, vil det være en sur tjans. Lydia balancerer på et vakkelvorent øjeblik. Så udbryder hun:

- Hvis jeg får lov at vise min idé, så må Karina slå mig med den meterstok! Fire fælles par blikke ryger over til tavlen, som Lydia peger på. Regitze spærrer øjnene op, og Karina ligner en, der lige har købt en kæmpe marengsfrø hos Bager Gerhard, for midler hun har fundet på gaden.

- Virkelig?

- Ja.

- Det er eddervoxeme en aftale! griner Regitze, og slår Karina på skulderen.

Næsen og Hivervejr glor vantro på Lydia, mens Regitze læner sig tilbage, lægger armene over kors, og ligner en ond dreng på knæ i en indkørsel, der ved at at myrerne som vrimler lige der i gruset, ikke er klar over at han i sin hånd holder et forstørrelsesglas, og han ved til gengæld ikke at solen er en stjerne, hvis lys er otte minutter om at nå frem, så det kan gøre ham til gud over myrerne, og universet kender ikke tidspunktet for dets egen død, såvidt vides, kun tiden eksisterer, men man kan tvivle på, at den er klar over at den går.

En lille smule hvidt støv har sat sig på Lydias fingre, hvor de holder kridtet. De sitrer af for lidt søvn. Tavlen er sort, og stregerne står ellers tydeligt synes hun, men det som hun har bakset med siden idéen vækkede hende i nat, vil ikke rigtig ud, og hendes tegning bliver ved med at kalde spørgsmål frem, som er lidt dummere end ren sabotage kan gemme sig bag.
- Så du vil lave gurrelante af hvadkalderdudem, fnuttestaller? spørger Regitze, og Karina ser forbavset på sin veninde.
- Nejnej, IKKE gurrelante! Hvor mange gange skal jeg sige det!? næsten råber Lydia, mens hun stikker til tavlen med kridtet, og hvis Lydias ord var vand, så ville Regitze være gennemblødt nu.

Et lys har givet sig til at vaje i Næsens øjne.

- Ej ved I at sne er lavet af iskrystaller, og der kan være hundrede i et enkelt fnug, udbryder hun, men bliver med det samme rød i hovedet, og hendes blik er pludselig sendt til stoleleg, og Hivervejr lægger en hånd på hendes skulder et øjeblik, mens Næsen atter visner hen i tavshed, indtil Hivervejr hvisker noget, som Næsen oversætter:

- Jamen, hvad er det så du vil? Lydia giver sig igen til at forklare og kratte nye streger op på tavlen, men kunsten som hr. Hr. Mand påstår vil hjælpe én med at tegne, sover åbenbart stadig. Næsen, der ligesom Hivervejr er fiks på fingrene og god til meget håndarbejde, prøver at klippe noget af det hun ser, og viser det frem.

- Nejnej, det er helt forkert! vrisser Lydia, og skælder ud på Næsen, der får tårer i øjnene, så Hivervejr må rykke tæt på hende, indtil de er tørre igen.

Lydia roder sig ud i en lang og hektisk hulter til bulter tale, hvor hun forklarer hvordan mange fnugkrystaller skal hænge fra loftet, så det ser ud som om det sner i gangens fulde længde.

- Sådan trylleagtigt, siger hun drømmende.

- Det er da ikke særlig højhygget. Gurrelante, glygger og gran er højhygget, ikke dumme fnyg, hvad tænker du på? spørger Regitze, og bagved ansigtet spiller store latterskygger falden-på-halen teater.

- Jeg forstår det altså stadig ikke. Kan du ikke bare vise os hvordan det skal laves? snøfter Næsen. Forslaget får de andre til at nikke, selv Karina, og et par øjeblikke efter står Lydia med brændende kinder, og stirrer på sine fingre, der ser store og hvide ud, som bløde dejklumper. Kunsten har ganske vist skænket hende et tydeligt syn, men ikke det hensyn at vise hvordan man skal sakse sig frem til det, og selvom hun prøver hele fem gange, så vil det ikke. Det eneste der kommer ud af det, er nogle dumme strimler og skæve trekanter og papiret nuller sig sammen og bliver krøllet, og fjerner sig hurtigt længere og længere fra det billede hun har så tydeligt inde i hovedet, og ørerne kan alt for godt høre et par undertrykte fnis, og så slipper hun det vanskabte, som falder til bordet med en lille fortabt lyd, og Lydia vover ikke at kigge op, og hendes kæber arbejder og inde i hendes hoved kværner en stemme: - Du kan jo ikke engang selv lave det, *Lyttia*! Da lyder det fra en helt uventet kant:

- Nåeh, nu forstår jeg! og det er Karina. En forundret stemning breder sig mellem klasseværelsets vægge, men især i Lydias mave, der har været stram som halsstykket i en for småt strikket babytrøje, og så åbner Lydia øjnene, og tager sultent sceneriet ind, og venter på at succes'ens brølende glød skal indhylle hende, og hun betragter sammen med de andre hvordan Karina klasker sin store pigelab ind over bordet, rager et stykke papir til sig, maser det sammen med et stort KRØL, flår en længde klisterbånd af klisterbåndsholderen, trykker den til papirkuglen og holder det hele op:

- Du mener sådan her? siger hun, og fniset kan ikke holde sig længere, men tisser en ordentlig latter ud over hele bordet, og Regitze slår i det, så grinet i hende hopper højt i vejret sammen med gurrelantestrimlerne og saksene, og Hivervejrs øjne bliver grå skiver, og Næsens smil opdager, at det har en stor plet på kjolen, mens Lydia ikke kan finde et eneste hul at gemme sig i.

- Tak Lydia. Det må jeg sige: Det var en god forestilling, nøj jeg har ikke grinet så meget siden, ja det kan jeg slet ikke huske, siger Regitze, og tørrer tårer af øjnene. Karina rejser sig, og går med lange skridt over til tavlen og meterstokken og alle dens hundrede centimeter. Hun tager den ned, og smiler ledt. Regitze springer frisk op fra sin stol, glider over til monstrummet, stiller sig på tæer og hvisker i det hurrahvide hår. Karina rynker brynene. Regitze siger noget mere, lirker og vrikker, indtil rynken klarer op i en forståelsens glathed. Karina giver sig til at rumle af indestængt latter. Det lyder næsten som:
    - Muhaha.
    - Hvad? spørger Lydia, og skæver til den lange og brede meterstok.
    - Ej hvor sjovt Karina, at du sådan venter? Så ved hun aldrig hvornår det kommer, fniser Regitze, og Karina nikker og lader sit blik liste op i panden, og kommer til at ligne en af de farlige tosser fra anstalten i Glammersminde.
    - D-det sagde vi da ikke noget om, siger Lydia spagt, hvilket afføder en lang lattersalve fra Regitze, mens Karina omhyggeligt hænger stokken tilbage på sin plads uden at tage blikket fra Lydia. Endelig bliver Regitze færdig med at le, og siger:
    - Det retfærdigste er vel at stemme om det. Så jeg foreslår, at de som synes vi skal skifte over til Lyttias flotte fnugkrystaller,

som Karina lige har demonstreret hvordan skal laves, rækker hånden op. Som i en døs betragter Lydia sin hånd ryge i vejret. Der står den, og hun ser rundt. Regitzes mund er en latter med spidse pigge, og Lydias blik søger videre, hviler på Næsen og Hivervejr, hvis øjne har travlt med at være alle andre steder end i vejen for Lydia og hendes strakte hånd, der får lov til at stå som det eneste træ i demokratiets fattige skov. Regitze klukker:

- Èn stemme tæller jeg. Og hvem stemmer for gurrelante? spørger hun så alvorligt, som hendes latter tillader. Op ryger hendes egen hånd, Karina strækker begge hænder i vejret, og efter lidt tøven kommer Næsen og Hivervejrs hænder også op. Regitze begynder langsomt og øretæveindbydende at tælle, mens hun peger hænderne ud:

- 1. 2. 3. 3, for du har kun én stemme Karina, og 4, og det er 4, og gurrelante har 4, og underligt forslag har 1 stemme, og dermed er der 4 stemmer mod 1 for gurrelante, og GPG2V har besluttet sig for at lave gurrelante og IKKE Lyttias underlige krølledims, og jeg takker for god ro og orden under afstemningen, og de to store giver sig til at grine, så de er ved at sprække som våde melposer.

Omsider løber morskaben ud, og efterlader en stum dis af had i Lydia. Regitze tørrer øjnene for grinetårer, rømmer sig og siger:

- Gurrelante har vundet, og det bliver gurrelante, og gurrelanten bliver flot i år, ikke piger!? hepper Regitze, og Karina begynder at klappe langsomt, på en 'hvis ikke I klapper med, så kan jeg sagtens begynde at klappe på jer'-måde, og

Næsen gemmer sit blik bag sit eget vege medklap, og Hivervejr nøjes med bare at lægge håndfladerne sammen, og kigger med røde øjne som en kanin på Lydia, der bider tænderne sammen, så læberne bliver til en slangebøsses spændte elastikker.

Et anstrengt kvarter går, og det eneste man kan høre i klasseværelset, er lyden af sakse og papir og Lydias sure mine. Hun skal bruge mange kræfter på ikke at græde, men hjertet hamrer og huden føles varm, og det klikker og murrer indvendigt. Af en eller anden grund flimrer en lille film op inde i hendes hoved, og hun ser for sig, hvordan en stor klump af gråsort metal brat falder ned på Regitze og Karina. Det ene øjeblik siger de deres grimme ord, som de lige gjorde, og så ligger der pludselig en stille klods, der er så tung, at man kan mærke den trækker i huden.

Så udbryder Regitze:
    - Nej! Jeg er altså for glad over, at vi er så enige om kun at lave gurrelante, at jeg ikke gider bestille mere i dag, for jeg ved jo hvad vi skal lave næste gang vi mødes, og næste gang, og næste gang, og det giver sådan en dejlig varm og rolig stemning indeni. Kom Karina, jeg giver en Upsi! og så skubber de to store piger stolene baglæns med deres numser, og forlader lokalet.

Lidt efter, under oprydningen, spørger Lydia de to andre hvorfor de ikke stemte for hendes idé.
    - Jo, men hvis ikke vi gør som Regitze siger, så maser Karina

os, siger Næsen, og et minde viklet ind i tidsler og sur mælk stiger i øjnene på hende, så de løber i vand.

Da Lydia har sagt farvel til de andre, og er alene ude i gangen under det stadig gurrelantetomme loft, knytter hun hånden hårdt.

- Regitze! udbryder hun, som om navnet er en mundfuld slimede bukkehornsfrø, der ikke skal andet end spyttes ud.

KAPITEL 10

Lillevangskolens inspektør finder det ikke spor besynderligt at gå i sandaler året rundt, og holder gerne lange foredrag om hvor godt det er og for hvor meget. Alle, også børn, risikerer at blive belært om, hvis man løber på ham, at tæerne er høns der skal slippes ud af buret, og at strømper er føddernes spændetrøjer, og sko er torturinstrumenter. Han mener desuden, at det vil styrke sammenholdet på skolen, hvis eleverne lærer hinanden at kende på tværs af alle klassetrin. Derfor har han fået de andre voksne til at blive enig med sig om at lave nogle obligatoriske arrangementer, hvor det kan ske, og det kigger lærerne på med velvillige øjne, og synes de og inspektøren er meget fremsynede og moderne, mens alle andre ved, at kun det dumme barn giver sig til at snakke med de man ikke kender, og hvis der foregår noget mellem eleverne er det, at de store tryner de mindre alt hvad de kan.

Skolekøkkenet er denne dag derfor befolket af et udvalg af elever fra forskellige klassetrin, som skal prøve kræfter med at enes om at bage fyldte højhyggehorn, og for at gøre det rigtig hyggeligt har fru Skyute, der udover at være gårdvagt også huserer som idræts- og husgerningslærer, fundet på en konkurrence, sådan at de der er dårlige til at bage grundigt forstår, at de ikke kan følge med, for når skolen er slut og man skal ud at klare sig selv, er det rart at vide hvor man ligger til på livets trappe, da der ingen mening er i at række op eller over hvad man formår, og risikere at forstrække sig, eller værre, ødelægge det hele for de der bedre ved hvad man skal gøre med de goder som venter, og derfor kan man lige så godt lære at træde et trin eller to ned på forhånd.

Ved et tilfælde står Lydia og Maria ved det samme bord med et par snotmaskiner, der skal have hjælp til det hele, og dårligt nok kan nå, men spørger om alting, så det ikke er til at føre en ordentlig samtale, eller sætte dem til at lave noget af det man godt gider slippe for selv.

- Jeg er altså ikke din mor, at du ved det, snerrer Lydia ad sin, der begynder at snøfte. Maria ryster på hovedet, trøster den lille fyr, og viser ham hvad han skal gøre, mens Lydia på må og få stikker til dejen med skaftet af en ske, som om den er en klam bille, der er væltet om på ryggen.

- Kan vi ikke bare bage? Det er så hyggeligt, siger Maria, og ser sød ud med lidt mel i håret og på næsetippen.

- For dig måske, men du er jo heller ikke belastet af store sager du skal bakse med.

- Nåeh, det ved jeg nu ikke. Hvad er der i vejen? spørger Maria, og får fnys og suk til svar.

- Er du tosset? Jeg skal da ikke sige noget som helst om noget som helst sålænge de er her. Har du set hvor store ører ham der har? spørger Lydia, og giver tegn mod rollingen som Maria lige har hjulpet.

- Hvad mener du?

- Ved du ingenting!? Beastriglen har en hel hær af snotmaskiner, som snuser sig ind overalt hvor de kan høre og glo! Maria skal til at sige noget skeptisk, men pludselig skærer Sgu-Jyttes skingerstemme luften i æggedelerskiver: - DRENG! DRENG VED OVN! STÅ STILLE! men straks efter lyder et vældigt metalrabalder, og en skriger AVAV, og nogle ler og andre gisper, og i et flor af mel og hurtige bevægelser ryger en mindre dreng over til en af de store stålvaske, og under heftig gråd og brusende vand går en tid, og derpå stryger Sgu-Jytte og den tilskadekomne ud af døren. Med det samme ændrer stemningen i skolekøkkenet sig, for nu ved alle igen hvem de er. Aldrene skiller som vand og olie, og de mindre trækker sammen i den del af køkkenet, hvor der er kedeligst at være, som er lige i nærheden af strygerullerne og alt det, og resten fordeler sig hvor der både er udsigt og dej at spise eller kaste med, og hvor man i fred og ro kan udse sig de man har planer om senere at forfølge.

Maria giver sig til at sludre.

- Jeg var til kor i går, og Denogden var der for første gang siden hendes uheld. Tænk, håndleddene er ikke engang brækkede, kun forstuvede, så måske varer det ikke så længe inden hun er tilbage og kan lave gangpynt igen. Hun siger, at hun ikke ved andet end at pludselig var der ikke mere cykel, kun asfalt og grøft og krat med torne, og så gjorde det vældig ondt i håndleddene. Heldigvis behøver man ikke hænder for at synge. Men hvad gør du så, hvis Denogden kommer tilbage? spørger Maria, og fløjter en lille uskyldig melodi, der slet ikke ser Lydias skærebrænderblik, som prøver at svitse alle kvartnoderne ned til ubrugelige toogtredivtedele. I det samme kommer Kasper til. Han har noget i munden og en skål i hænderne.

- Hvad nu? spørger Maria.

- Jamen, de siger, at man får ondt i maven af at spise rå dej, så det skal vi lige prøve. Jeg har allerede spist en hel skål nu. Det her er nummer to. Jeg har det fint! Men Nielsen er godt nok lidt bleg. Hva'eh Lydia, du ligner en der lige har fået at vide du skal gå en klasse om? bemærker Kasper, og det svarer Lydia straks på, som når man træder til op ad en stejl og mudret bakke, og baghjulet snurrer og kun enkelte ord høres tydeligt:

dumme
gurrelante
Regitze
uretfærdigt
når nu jeg
tarveligt
imod mig
ikke finde ud af det

Elmo

- Hvorfor kan du ikke for en gangs skyld bøje dig for hvad andre vil? Jeg elsker gurrelante, og det gør resten af skolen også, siger Maria.
 - Ja, fordi I ikke kender andet! Men jeg har midt i mulm og nat helt selv tænkt ud noget andet pynt, som ikke mindre end Kunsten hendeselv har givet mig at gøre sammen?
 - Og hvad er det?
 - Fnugkrystaller!
 - Hvadfornogle?
 - Fnugkrystaller! og Lydia kaster sig ud i en rablende forklaring akkompagneret af viften med hænderne og andre fagter, og hun hiver sågar et par krøllede tegninger frem og viser rundt.

Maria rynker brynene.
 - Fnug? Det lyder da ikke særlig højhygget, siger hun.
 - Såvidt jeg ved, kan du da ikke engang finde ud af at lave en musetrappe! fniser Kasper, og dunker Lydia på skulderen. Hendes mund bliver stram som en osteklinge:
 - Men kan I ikke se det for jer!? Hele gangen bliver fyldt med fnugkrystaller som hænger og svæver og drejer stille? Vil det ikke bare være flot? spørger Lydia, og et par røde pletter har sat sig tilrette på hendes kinder.
 - Det lyder altså meget svært, Lydia. Jeg kan godt forstå at de andre siger nej, for sådan noget kan børn slet ikke lave, mener Maria.

- Jeg er ligeglad, bare der er noget at daske til, bemærker Kasper, uden overhovedet at følge med i samtalen, for hans opmærksomhed har listet sig over til slænget, hvor en er ved at kløjs, og ingen dunker ham i ryggen, men ser istedet interesserede til.

Lydia plæderer for at det sagtens kan lade sig gøre, især hvis de, hendes egne gode venner, hjælper med at gøretegne hvad Kunsten har sagt det skal være, så de fingerfærdige kan fingre det færdigt hvad hun ser, og alle slipper for den gyselige ganggurrelante.

- Du skal ikke kigge på mig: Jeg har tolv tommelfingre til sådan noget papirfnidder, griner Kasper, ikke af Lydias bøn, men fordi den kløjsende dreng er faldet om på gulvet.

- Maria?

- Du er min ven, men jeg har altså mere lyst til gurrelante. Jeg kan godt lide at tingene er som de plejer, siger Maria.

- Tænk: Mine egne venner vil ikke hjælpe mig, endda når de ser hvordan jeg LIDER!

- Jamen, det kan vel være ligemeget, hvis de andre ikke vil. Kan du ikke bare lave dem til dig selv? foreslår Maria.

- Ja, hvis de allesammen er enige om at det er bedst at lave gurrelante, så må du gå med det. Ligesom hos os, indskyder Kasper, og holder øje med slænget.

- Men min idé ER den bedste! Flertallet har ikke altid ret.

- Måske, men de er flere om at være enige om, at det forkerte er rigtigt så, siger Maria, og synes det er finurligt, og sår nogle små smil i samtalen, men de falder på død jord hos Lydia.

- Hvordan kan man enes med nogen, der trækker en kæmpestor kommode rundt, der hele tiden siger at den vil lægge sig på en hvis ikke man gør som de siger? Hvis bare jeg kunne vise dem ordenligt min idé, så ville de være enige med mig. Hvorfor skal Elmo også holde fri!? klager Lydia, som en møgunge der ikke vil sove.

- Hvis ikke I vil hjælpe med fnugstallerne, kan I så ikke i det mindste sige mig, hvordan jeg slipper af med Regitze? Når hun er væk, bliver der plads til mine fnug! beder hun.

- Når jeg ikke kan finde ud af noget lægger jeg det tilside, og skriver et digt. Eller går en tur. Eller hopper i en vandpyt. Og så kan jeg finde ud af det, når jeg prøver igen, siger Maria opmuntrende.

- Digt, tur, vandpyt! Hvordan hjælper det mig? Jeg troede, du var min ven, Maria, og venner hjælper hinanden.

- Det har jeg da lige prøvet, har jeg ikke også Kasper?

- Men ikke med noget rigtigt! vrisser Lydia.

- Nå, men hvis det ikke er godt nok, så må du jo bare leve med Regitze og gurrelante, siger Maria, og skal til at gøre noget andet.

- Nej! Regitze skal ud, hun skal ned, hun skal væk! Hun skal halte og hendes kat skal halte, og når hendes potteplanter går ud, skal de HALTE! råber Lydia raserød i hovedet, som om hendes hals er en hulkerytter, der prøver at tøjle sin vilde ekvipage. Hun slår i bordet, så manges hoveder vender sig mod dem.

- Måske du skulle holde op med at få dem til holde op med at lave gurrelante og bakse med det der du selv strikker sammen, for du ser ærlig talt rigtig træt ud, Lydia, siger Kasper med en meget klistret dejstemme. Ovre hos slænget er den kløjsende dreng kommet på benene. Flere dunker ham i ryggen, og han græder og hoster og griner. Maria sukker:

- Hvad med at spørge Former-Finn om han vil hjælpe med at tegne dine fnug, foreslår hun. Kasper og Lydia glor brat på deres veninde, og i blikkene roterer en ældgammel stenknasende viden, som alle børn med respekt for sig selv kender ind og ud: Rundt om barndommen står en ubrydelig kreds af voksne, en blændende krans af umulig bestemmelse som man ikke skal for tæt på, for i den brand forsvinder selv et klogt barns planer hurtigere end is i august, og hvis man vil noget med sit liv, gælder det om ikke at vække dem. Kun det dumme barn går nogensinde til de voksne, for det er at sladre, og efter det vil ingen stole på det barn, og det kommer til at leve et liv udenfor barndommen.

- Det er som om du slet ingenting forstår af, hvad der er vigtigt i livet, Maria, og det sidste jeg og alle andre vil gøre, er da at rende til en LÆRER og bede om hjælp. Det er nemmere hvis du aldrig mere siger noget til mig, så dum er du at høre på.

- Er jeg?

- Ja.

- Nå. Men jeg piver ikke over Regitze og pynt du ikke kan finde ud af at lave, og Elmo der holder fri: Det gør du, Lydia, og hvis det er hjælp du vil have, så prøver du at få den på en meget mærkelig måde. Former-Finn ved ikke, at du leger vikar for Denogden, gør han vel? spørger Maria spydigt, men der er jern i stemmen, og hendes mine er blank som den turkise sø ude i kalkgraven i Vedlev.

- Har du måske tænkt dig at sladre, Maria?

- Nej, jeg er din ven, Lydia.

- Er du det?

- Sidst jeg så efter, ja. Selv om du efterhånden gør det lidt svært at være det.

- Godt det ikke er mig, der er dig, Lydia, griner Kasper, og fylder sig med det sidste dej fra hans skål.

- Åhr! I forstår heller ikke jeres egen kammerat! udbryder Lydia, og tramper væk fra Maria og Kasper, forbi snotmaskiner og aldrenes runde blikke, og marcherer helt ud af skolekøkkenet.

- Går hun? spørger Maria forbavset.

- Hun gik, konstaterer Kasper, og går gumlende tilbage til sine kammerater.

Udenfor begynder Lydia at tale med luften, som muntrer sig på en stiv vind, der får alt levende til at søge om bag hjørner og buske og helst indenfor. Venner! Ta! De er jo ikke noget bevendt, og af de venner jeg har tilbage, ligger åbenbart kun Elmo i æsken! Hvis jeg ellers bare kunne få fat i ham! Men hvad nytter det at få Elmo til at hjælpe med noget, sålænge Gitzerinaen bestemmer det hele? Åhr, hvorfor skal alting også hele tiden være så SVÆRT! udstøder hun, og sparker til skolegården, men rammer kun en plet asfalt, så det gør ondt i hendes storetås nedgroede negl.

Lidt efter er hun på vej væk fra skolens område og lige ind i et groft pjækkeri. Herude hvor hverdagen hersker, og man står op og går i seng, og tager til fødselsdag og får sommerbabyer eller vinterbørn, og køber en hurtig i kiosken eller glæder sig til at skulle væk hjemmefra, og fuglene sætter sig og skider på det meste, og skoven venter på alle myggene, er det som om et tæppe bliver trukket fra inde i Lydia.

Hun holder sin hånd frem, og begynder at tale til den:

- Hvorfor viser du mig fnugkrystaller, hvis ikke du har tænkt dig at fortælle mig gøringen? Især når du er så grov at insistere på de skal fylde en hel gang! Hva'? Jeg kan ikke høre dig, tal tydeligere! Mæmæmæ, jeg har IKKE tid til at vente på at alt bliver tydeligt. Fatter du ikke, at mens du klumrer rundt i det, så vokser bunken af gurrelante i GPG2V? Næste år? Er du tosset? Hun slår sig over hånden, så det svier.

Imens har Lydias anden hånd listet sig frem, og står nu bydende for hendes øjne.

- Hvis jeg må afbryde? Det er bedst, at jeg tager tømmerne herfra, og nu skal du bare høre hvad vi gør.

- Hovhov du, hvad er det for nogle manerer? Jeg var lige ved at forklare Lydia, at hun skal tage sig god tid med sine idéer, for længere ude ad sporet står der altid større og bedre værker.

- Ja, det tænkte jeg nok: Du fabler løs om tid, men ser du, Kunsten, Lydia har ingen tid. Gurrelante vokser nu, og medmindre jeg får lov at vise hende hvordan smørret skal bredes ud, så kan hun risikere at skulle lide en hel december igennem, og måske januar, for du ved udmærket godt, Kunsten, at du holder mere af makværker end du vil være ved!

- Må jeg være fri! Lydia, du skal ikke lytte til Bestemmelsen. Den tromler altid frem, og gør det umuligt for dig at sanse de finere nuancer af livet, og dem skal du bruge hvis du skal frembringe smukke ting, som du og andre kan blive rørt ved. Af, siger Kunsten, og hvis en hånd kan få tårer i øjnene, så sker det nu.

Lydia har stirret på sine hænder, og helt glemt at tænke på hvordan hun ude i verden, eller i hvert fald Lillevang, er stoppet op, og står og glor, som om hun er en baby, der lige har opdaget dem, mens alle kan se hende. Hun stuver Kunsten og Bestemmelsen af vejen, men det tier de ikke stille af.

- Lydia, kom med mig: Vi kan svælge i lange drømmende eftermiddage og en usikker fremtid, især hvis du vælger mig som erhverv, men tænk på hvor lidt du faktisk skal lave når du lever med mig i søgen efter at udtrykke det som ord ikke kan.
    - Lydia, Kunsten er meget rar at have, men kommer hun til at hjælpe dig mod dit gurrelanteproblem? Nej, K vil bare søbe i selvmedlidenhed, men jeg kan vise dig hvordan du får det som du vil have det. Nul Gurrelante! Nuvel, så har du leget med K en eftermiddag, godt for dig, men det gør ingen kunst, og jeg kan nemt se bort fra det, og stadig hjælpe dig solidt og grundigt med at få dine fnug op at hænge i stedet for gurrelante.
    - Tølper!
    - Tågehoved!

Hænderne har sneget sig frem igen. Lydia ser på dem, og

tænker på om hun er ved at blive tosset?

- Det er alle gode kunstnere! mener Kunsten.

- Pladder! Din fantasi er stor, Lydia, men bestemt til at blive brugt til bestemmelse.

- B er en tølper, der kun tænker på sig selv, og om ikke længe vil den ha', at du gemmer dine motiver, og dit hjerte bliver stift og sort, mens du tror du har styr på det, mærk dig mine ord!

Bestemmelsen begynder at brydes med Kunsten, og de to hænder vrider og vender sig, og det kribler både forfærdeligt men også skønt i håndled og fingre.

- Gå med mig, og hjælp de flestes tavsetal med at komme på tavlen, så alle klart kan se gurrelantetaturets mørke gerninger!

- Nej, lad hende være! Gå med Kunsten og sig pyt med gurrelante!

- Alt hvad du gør fra nu, er i selvforsvar, Lydia. Du kan ikke gøre for det, når gurrelante er så væmmeligt. Hvem kan ikke forstå, at du ikke kan TÅLE det!?

- Jojo, TÅL Lydia, smerten er god, i den vokser det smukke som champignon i mørket.

- Tænk dig hvad du kan komme afsted med helt uden ansvar, for du kan ikke gøre for det! Kom med mig, kom med mig!

- Nejnej, du må ikke lytte til Bestemmelsen. B er ikke til at stole på, den forvrænger alting, så der kun er stabelkasser tilbage, men jeg kan give dig hjertets musik og sfærernes sandheder og vibrationer og verdener at fortabe sig i.

- Bah! Det eneste K kan er at sidde og vræle på værtshuse

over lortedigte ingen gider læse, og klatte med maling og føle
så meget, at det er til at brække sig over, og kunne du så endda
holde din kæft med det, men nej, alle skal partout
tvangsindlægges til at skue alle dine meningsløse
frembringelser, nej, går du med K, Lydia, venter ende- og
ørkesløse timer med at stirre ud i luften i beskidte køkkener
tomme for mad og vente på inspirationen, som er det eneste K
kan leve på, hvorimod jeg gør noget med det samme! Kom til
mig, om ikke for dig, så for de tavse stakler der lider under
gurrelantetaturets og Gitzerinaens åg. Du gør en god gerning!
Kom med mig, så skal vi ondulere Regitze og Karina og ske
din vilje, også på skolen.

Lydia ser hånden som B bor i, men også at den er et stort
uimodståeligt hjul, der knitrer i kanterne, som om det er el-
elektrisk og flammende og ifærd med at stille sig på højkant, så
det kan flyve afsted og især kvase Regitze under sig.
  - K mærker, men jeg handler, og du er så talentfuld, altid så
ivrig efter at bestemme, du skal ikke henspilde dit liv med at
slå kruseduller på et stykke papir, det har vi folk til, det skal
Elmo gøre for dig, så du kan koncentrere dig om store baner og
lange linier.
  - Du viser hende hvordan man bøller, er hvad du gør, for det
er det eneste du kan! tuder Kunsten.
  - Ja, hyl, det er det eneste *du* kan!
  - Du må ikke Lydia: Der findes langt højere ting end stærke
piger som muskler sin vilje igennem. Giv slip og kom i stedet
med mig, du er så godt i vej. Se bare hvor smukke

fnugkrystallerne er, og jo længere de trives i din fantasi, desto klarere ser du dem, og hvordan de skal laves, så pyt med om du når det inden du bliver voksen, for min vej er fyldt med mening, som er helt din egen, og andre ikke kan rokke, men hvis du skal bestemme over andre, bliver snildt svært, og nemt er længe om at vise sig, også selvom man øver sig rigtig meget. Svært er alting hele tiden, især når det ikke går som det skal, og det gør næsten det hele altid, men hos mig er du fri, Lydia! Fri!

I Lydias øjne rasler pupillerne af de mange hurtige tanker som farer rundt, indtil blikket falder i hak, retter sig mod himlen og munden siger: Fremad og opad!

- Sådan! Vi skal nok få det godt, du og jeg, siger Bestemmelsen, og klapper hendes skulder, mens Kunsten hulkende lukker sig, og glider ned i frakkelommen, hvor den ligger og råber nej! et stykke tid.

Et vist tempo indfinder sig i hendes skridt, og armene giver sig til at svinge energisk og politisk. Med fjed i fødderne og ret ryg går hun i takt og tempo gennem byen, indtil hun når ned til Rundtorvet, hvor hun får øje på en sort skjorte i konestørrelse i Tøj-Tinas butiksvindue, og her bliver hun stående, indtil en remse finder plads, og breder sig i munden, der lynhurtigt finder vej til benene, som stempler sig videre i gaderne under parolen:

- Ud med Gitze, ind med Elmo, ud med Gitze, ind med Elmo, indtil pjækkeriet bliver så stort, at hun lige så godt bare kan gå hjem og lyve om, at hun har kastet op.

KAPITEL 11

Bag skolen, hvor de frie marker og krat og landet og den mørke skov ligger på lur, og venter på en dag at æde institutionen og spytte støvet ud, når den har været tom og stille længe nok, sidder en lille brun mus, og kigger på en stump tabt chokolade halvt viklet ind i en smule sølvpapir. Hvad den ikke ser er, at en lodden kat ligger på lur i et buskads og kigger på gnaveren, som den lille brune mus betragter chokoladestumpen, og et andet sted står en nærsynet hund, og lugter til katten, mens den rejser børster, og nede ad vejen kommer slagter Kyed kørende på sin sorte varecykel, og giver hunden et længere blik end den strengt taget fortjener.

November har givet sig selv en pause, men beholdt kulden. Lydia er gået ud, for siden Bestemmelsen har sat sig i hende, er hun fyldt med den slags rastløs kedsomhed der især findes store mængder af i møgunger. Det er som ikke at kunne sove og glæde sig alt for meget til højhygge og kede sig helt åndssvagt blandet sammen med en underlig trang til at løfte meget tunge ting og løbe sindssygt hurtigt, hvilket hun aldrig plejer at gøre, for det er klamt at svede og blive rød i hovedet og være ægte forpustet.

Da viser hånden, hvor Bestemmelsen bor, sig igen.

- Du behøver altså ikke gøre det der hver gang. Jeg ligner en tumpe! siger hun, og ser sig stjålent omkring.

- Jeg vil være sikker på, at jeg har din opmærksomhed. Men du kaldte?

- Gjorde jeg det?

- Er det måske ikke dig, der tænker dine tanker? Og bliver ved med at gruble over hvordan du skal slippe af med Regitze? Og lave dine fnug?

- De andre vil ikke hjælpe.

- Din pivsejamrer! De andre, tøh! Hvad fornøjelse er der måske i at være sammen med andre, hvis ikke de duer til at gøre det som du vil de skal? Og har du nogensinde haft det sjovt med andre, når de bestemmer, og du ikke gør? Nej, det tænkte jeg nok. Når jeg er færdig med dig, så skal du bare se hvad folk pludselig kan og vil, også selvom de nægter at indordne sig. Det er faktisk det sjoveste. Jo mere brok des bedre, for så kan... Nej, det er for tidligt. Man skal kravle, før man kan byde.

- Jeg har dumme knæ! Giv mig det hele nu: Jeg kan høre gurrelanten vokser!

- Rolig Lydia. Du skal først lære at styre mig, og kende dit talent. Og det er ikke rå vold, det kan jeg sige med det samme, fniser Bestemmelsen og fortsætter:

- Dit hoved er ganske vist fyldt af den, med alle de tunge ting du vil have skal falde på dine fjender, men du er en pipkylling, når det kommer til stykket!

- Du er ligeså dum som Kunsten, der også vil ha' jeg skal vente. Jeg vil IKKE vente! Jeg vil vælte Regitze og gurrelantetaturet NU!

- Det er en vældig god indstilling, og når du lærer at lære

hvad jeg har at vise dig, så er der ingen ende på hvor langt vi kan nå.

- Åhr! Kan du ikke bare hoppe alt det over, og sige hvad jeg skal gøre?

- Ja, det kunne du lide. Du skal søreme også selv arbejde. Jeg vil se, at du mener det. Jeg skænker mig ikke til hvemsomhelst. Brug den indvendige side af hovedet, og fortæl mig hvad du finder på. Og det går hurtigere end du tror, ikke som K, der er en evighed om alting. Tænk: Nogen bruger et helt år på at skrive en bog? Jeg må le! fnyser Bestemmelsen, og hånden bliver igen Lydias egen, men nu er hun endnu mere fyldt af kæmpekræfter til ingenting.

Lige i nærheden af alt det står kissemishækken, som enhver der ved ting om livet kalder den, og lugter som en gevækst, der hellere vil gro på en kirkegård. Snakken med Bestemmelsen har givet hende fart og hast ad stien, der følges med hækken, indtil hun får øje på noget.

- HEJ KASPER VI SKAL LØBE OMKAP, KOM NU! råber hun, og vifter med hånden for at angive retningen til løbebanen, som ligger mellem skole og verden. Kasper springer frem, og tysser hårdt:

- SHH! Samtidig hiver han hende ned og ud af syne, og ser sig hurtigt til alle sider.

- Hovhov! Hold op! protesterer hun, og prøver at slå hans hænder væk, men han holder ved. Ved siden af ham sidder en lille flok drenge i skjorteærmer og ryster.

- Shhh, Lydia. Vi skal være stille som kaninprutter, så vi ikke skræmmer kissemisserne væk, klaprer Kasper. Han er ligeså sparsomt klædt på som de andre.

- Nej, kom nu, jeg tør vædde på at jeg kan løbe fra jer allesammen! Giv så slip!

- Nej Lydia, vi er i gang med noget andet!

- I tør ikke, tøsedrenge! Er I måske ikke drenge, og løber drenge ikke altid?

- Jo vi tør, men lige nu er vi altså i gang med noget andet. Ti nu stille, siger Kasper, men Lydia er allerede gået i gang med at lokke en af de andre til at lægge arm. Drengen nægter dog, og slænget er uroligt som en hønsegård, der har fået øje på en luskende ræv.

- Ti. Stille! De må ikke opdage os. Hvad er der i vejen med dig, du flitrer rundt som en bille på ryggen.

- Hvem de?

- Kissemisserne! Følg nu lidt med altså.

- Følg selv med. Kom nu, lad os løbe, du får et forspring!

- Nej. Først kissemissere.

- Men hvad skal I med dem? Se hvordan de gør, så du selv kan kissemisse?

- Adr, nej, det kommer jeg da aldrig til! griner Kasper i gys og ækel.

- Hvorfor har I ikke noget tøj på?

- Det har vi da.

- En skjorte ja.

Kasper giver sig med klaprende tænder til at forklare, at de prøver at se om det er rigtigt at man får lungebetændelse af at have for lidt tøj på, og når nu de er i gang, for det er ret kedeligt, så kan de jo ligeså godt prøve at drille nogle kissemissere! En af drengene griner, og siger, at han engang har forskrækket et par så meget, at pigen tabte struttenutterne, og straks rejser et protesterende kor sig, som siger, at det er i hvert fald løgn, for det kan man ikke, og at alle de store piger passer enormt godt på deres struttenutter, og gemmer dem vældig meget af vejen, og mange og sikkert både alle og de fleste af dem går aldrig ud uden at putte dem i sådan nogle beholdere, og hvis de taber dem, bliver de jo i beholderne, og dem får man aldrig lov at se, så hvordan kan han sidde der og sige, at hun tabte dem, og en anden siger, at han selv har set en af de store piger bide sig i læben så det blødte, så bange blev hun da han sprang frem og råbte BØH!, og et lille men stille skænderi bryder frem om, at det er bare noget de siger, og at alle hver især er de største løgnere, der kan gå på jorden, og en af dem giver sig til at filosofere:

- De er skøre, de store. Det må godt nok være sjovt at kissemisse, siden de er så ligeglade med at vi driller dem, men de som ikke har nogen at kissemisse med, går og ser så nedtrykte ud som et pindsvin på landevejen til Vedlev. En lille pause giver sig til at hænge over dem.

- Nøj hvor er det issende, siger en, og får pausen til at lette. Han giver sig selv et par kuskeslag, der lyder som høje klap, så det får de andre ham hurtigt til at holde op med.

- Jo, men får vi lungebetændelse? spørger en anden.

- Har I forresten hørt at Abildgård er røget på kostskole?

spørger en tredie.

- Gider du godt lade være med at sige det ord, hvisker en fjerde, og slår et tegn foran sig.

- Hvad har det med noget at gøre? spørger den første, og ordene formår ikke at komme ud uden at blive hakket i stykker af hans klaprende tænder. Lige da forklaringen kommer, tumler tre skader sig ned i nærheden med deres lange haler og fortsætter et skænderi: Gakgakgakgakgakgakgak, så Lydia hører ikke svaret. Kasper smider en sten efter dem, og de flakser op.

- Dumme skader, siger han, og mener det.

På egnen som Lillevang hører til, ligger et par notoriske kostskoler med spir, parker og lange kolde gange, og kalder ivrigt på de højt på strås, hvor livet som bekendt vajer en del mere end for andre, sønner og døtre, der alle ved bedre end godt, hvad der foregår på en kostskole, hvor man skal se langt efter hvad det hele ender med, og sovesalenes blanke gulve fyldes med gråd om natten, et sted som ingen nogensinde forlader som den samme, hvorimod nul ballade mangler, når børnehjemmet slipper fattigrøvenes unger.

Men de enes om, at det nok alligevel er løgn. Abildgaard er sikkert bare syg. Kasper hoster et host og spørger:

- Hvad siger I? Skal vi løbe fra Lydia? og bliver svaret af lidt trækken på skuldrene, og mumlen og blikke der ikke har lyst til at hæfte sig ved noget.

- Hvad skal vi løbe om? vil Kasper vide, men Lydia har pludselig fået det mærkeligt, som når man vågner, og ikke kan huske en vigtig drøm. Han puffer til hende.

- Hallo! Lydia! Skal vi løbe eller hva'?

- Hva'? Nåeh. Jamen, det kommer nok jeg skal fordi, men forstår du, mumler Lydia så fraværende, at hendes ord ligesom dalrer afsted uden at samles om noget bestemt. Pludselig rasler hækken, og en mandsstemme brøler:

- Modbydelige drønnerter! Jeg skal Zarmasanatme lære jer snothvalpe ikke at hærværke i min hæk. Kan I så komme væk! og drengene råber: - ÆKELD! og nogle råber av, og en af drengene bliver så forskrækket, at han borer sig lukt gennem hækken, og Ækeld går helt amokpedellen, og når at få knokket et par stykker i hovedet med sin skruetrækkers tunge gule skaft, inden drengene er spredt for alle vinde, og Lydia går lige igennem virakken med en finger på hagen og blikket rettet lidt op og til venstre. Ækeld stirrer forvirret på hende.

Næste dag vågner Lillevang til et hvidt daggry, og Lydia har allerede siddet længe i sin seng og truet hvert et hvirlende snefnug, der bliver fanget af lyset fra hendes værelse, og hun kan nå at følge med blikket, til at give hende en idé til hvordan hun kan fjerne Regitze, men de bliver slugt af mørket hurtigere end de kan nå at give hende noget brugbart. Et eller andet skjuler sig under overfladen, men vil frem, og det er, som når man ikke kan huske navnet på noget, man engang har fået at vide hedder noget bestemt. Da daggryet begynder at lade sine stive fingre glide over vinduet, tager hun fat i Dukke-Lars.

KAPITEL 12

Hvis en edderkop kunne forstå andet end at spinde og hænge og vente og være uhyggelig, ville den klø sit hoved over hvad den i dette daggry overværer i et kvistværelse lidt udenfor Lillevang. En fuldt påklædt pige med lyst hår og rande under øjnene sidder på en seng, midt i dyne og pude og hvad en pige ellers roder med hvor hun sover. I skødet har hun en dukke.

Måske sådan en klog edderkop smider en line i loftet, sænker sig nærmere og spidser ben, for bedre at kunne høre hvad det er pigen mumler, og se hvad det er hun gør. Edderkoppen, der iøvrigt ofte lider af migræne med aura, prøv lige at have det i otte øjne, gnider de fleste af dem over hvad den nu ser, og sænker sig nysgerrigt en smule mere.

- Det gør altså mere ondt på mig end det gør på dig, siger pigen til legetøjet, der ikke bevæger sig andet, end hvad hun får det til.

- Giv mig så en idé til hvordan jeg kan udrydde Regitze! kræver hun, og trykker spidsen af en mærkelig metalgenstand mod dukkens skulder, men legetøjet ligger bare der med sine dukkeøjne.

- Er du sikker på, at du ikke har noget at sige mig? siger hun, men spørgsmålet møder kun plastik og tavshed.

- Så er du selv ude om det!

Lige denne edderkop er kendt i miljøet for at sjuske med sin tråd, fordi den faldt i en kop kaffe som spæd, og derfor brister linen nu. Dyret styrter med sprællende ben, og ved et tilfælde lander edderkoppen i Lydias øre, hvor den sætter sig til at fordøje forskrækkelsen. Herinde kan edderkoppen opfatte nogle store sus, og så er det som om den bliver fyldt med noget andet end sig selv, en helt fremmed verden.

Lydia betragter Dukke-Lars, og den store sikkerhedsnål hun sidder med, og spidsen har allerede bidt sig en smule ind i skulderens plastik. Så giver det ligesom et klik i hende, hvilket får edderkoppen til at spjætte, og så har hun trykket den blanke spids helt igennem, så luften i dukken rækker hænderne op.

Nu går alting meget hurtigt, som når hun skruer helt op for bruseren i badeværelset, men i stedet for vand er det en masse sort som vælter ud over hende, og det er is og varm kaokao på samme tid, med en masse brus i, og et sted kan hun høre sin stemme sige ting, som det vist ikke er meningen nogen skal sige, ikke engang en ond voksen, men det værste er, hvad hun gør.

Lige bagefter må hun skynde sig på toilettet, og efter det kommer hun tilbage med en håndfuld plastre, som hun sætter over de steder hvor hun har været truslende på Dukke-Lars, og giver sig derefter til at vugge ham, og hendes mund bliver så fyldt med undskyld, at hun næsten ikke kan trække vejret gennem den sorte skam, der som tykt skum breder sig i hende.
    - Tak, Dukke-Lars. Hvis du bare havde sagt det med det

samme, så kunne vi have undgået alt det her slemhed, hvisker hun, og krammer dukken hårdt, mens hun prøver ikke at holde den hvor plastrene sidder.

Edderkoppen holder vejret. Den har aldrig oplevet noget lignende, ikke engang da den åd sin første mage. Susene er blevet voldsommere, og edderkoppen må kæmpe med nogle ret store sure opstød. Pigen sætter dukken fra sig i en stol ovre i hjørnet, og undgår omhyggeligt at se på den i al den tid hun sidder ret op og ned på sengen, og venter på at klokken skal blive nu kan jeg gå i skole uden at komme åndssvagt meget for tidligt. Trods alt suset i hende, giver hovedet sig til at nikke, og da det nikker mest, ser edderkoppen sit snit til at undslippe øret, løber hurtigt ned ad pigen og over bjerglandskabet af dyne og sengetøj og folder og alt det, og et par gange må den stoppe op og hive efter vejret, inden den endelig kommer i sikkerhed. I resten af edderkoppens liv udspiller sig hvad der lige er sket for alle dens indre blikke, især i hviletiden, og prøv lige at mindes noget uhyggeligt med otte øjne, når man bare gerne vil puste ud efter en hård dags spinderi!

Senere på dagen befinder Lydia sig ved Lillevangskolens børnehave, som ligger bag et trådhegn så højt, at de voksne må tro de indespærrede unger er popcorn i en gryde uden låg. Her har hun ikke har noget at gøre, og hun prøver at beherske sin vejrtrækning, og skotter bagud, for ikke langt fra børnehavens område, der godt kan minde om en kuperet dyrepark, ligger Ækeld og Vulgerdas lille hus, hvor konens mistænksomme øjne altid hænger som to små blege måner i vinduet. Men der er ingen at se, og nu fokuserer Lydia igen på rollingerne, der tumler rundt på legepladsen, og farer ind og ud af buskads og gynger og vipper, og græder eller skriger eller ler, og farer op og ned ad bakkerne, de har anlagt herinde.

Endelig får hun øjenkontakt med en lille dreng, som hun vinker til sig. Da han står med en finger begravet i det ene næsebor, hvisker hun nogle ting til ham, akkompagnerer dem med en håndfuld slik, og peger på en rolling i gul flyverdragt. Så render ungen ind til de andre, og siger noget til et par stykker, men beholder slikket selv, kan hun se. Lidt efter lyder det hakkende og uordentligt:

- ADR! Se: Pia spiser Liselottes busmænd, adr! Adr! Adr, Pia spiser Liselottes busmænd, adr! og ret hurtigt samler ordene sig til en lille rytmisk sang: - Pia spiser busmænd, Pia spiser busmænd! og et kor kører op, og de smædende snotmaskiner står rundt om den gule flyverdragt, som bare ser rundt med kuglerunde øjne, og ryster på hovedet, og så giver hun sig til at græde, men det får ikke sangen til at stoppe, tværtimod tager den til, og andre kommer rendende og synger med, og så begynder pigen at kaste op, og en voksen kommer løbende med en hel masse skældud foran sig, og sangen hører inde. Den lille i den gule flyverdragt er blevet stille og helt mørk omkring øjnene, og selvom den voksne tager hende på armen, lyser hun ikke op igen. Lydia trækker sig forsigtigt tilbage, mens violskud og monokeløjne glimter i hende som gnister fra en vinkelsliber.

Når det murrer og snurrer af noget at fortælle, er det slemt ikke at kunne komme af med det. Der sker så meget i et liv, at det bobler over indeni, og de færreste formår at tie stille om det de oplever, men er nødt til at lukke dem og tankerne om dem ud, og de sidder overfor hinanden og hælder sætninger ud på kryds og skift, og lytter mere til sekunderne der går indtil den anden holder inde, så man selv kan komme til, og verden og Lillevang er derfor fyldt med ord om det ene og det andet, så man vader rundt i et knædybt søle af lårtyk snak. Lige nu støver Maria skolen rundt, for at finde nogen hun kan betro sig til. Endelig får hun øje på en kendt kasket. Hun løber straks hen til den, og vifter et papir foran øjnene under skyggen, som må kaste sig rundt for at følge med.

- Et stykke papir? mumler munden i ansigtet, der hører til hovedet som kasketten hviler på.

- Det er Bladet: Så ved du bedre! og i Bladet: Så ved du bedre! ved du hvad der? spørger hun glad, og inden ansigtet kan svare, giver hun sig til i en munter strøm at fortælle at hun, Maria Larsen, - det er mig, Kasper! har fået bragt et digt som hun selv har skrevet med egne ord, og hvor uventet det er, og hvor stolt hun føler sig, og udbryder: - Ej! Ej, altså, jeg har aldrig fået noget i Bladet før, siger Maria, og vifter igen med publikationen, - se, der er også en lille tegning, ej! og så begynder hun at læse digtet op, indtil hun lægger mærke til fraværet af den begejstrede reaktion hun havde regnet med skulle bære hendes ord og iver.

- Kasper? spørger hun, og han udstøder et kæmpe nys.

- Åhr, stønner han, mens stride slynger af snot har lagt som om hans hage.

- Hvordan er det du ser ud? Er du syg?

- Ja, men ikke ordentligt! snøfter han, og kan ikke forhindre at hun lægger et par fingre på hans pande.

- Du er brændende varm. Hvorfor er du ikke i sengen?

- Det kan jeg ikke, for vi skal sammenligne.

- Hvad?

- Ja, så ingen snyder, og påstår de har lungebetændelse uden at have det, men jeg er kun forkølet, øv! Jeg tror måske Dandanell har den. Det er altid ham, der bliver rigtig syg, får Kasper frem mellem en række ærgerlige host. Han fortæller hvordan de har siddet på lur i skjorteærmer.

- Nå, men så er du jo selv ude om det, kommenterer Maria lakonisk.

- Det har du retstændig fut i, svarer han mat.

Lykke er når noget lykkes, og skuffelse er hvad man skal bære når det man regner med giver pote, viser sig at være en skuffe fuld af rustne og bøjede dykkere.

- Tror du der er noget i vejen med Lydia? spørger Maria, så hun ikke er alene med sine tanker.

- Sikke noget at spørge om, det får jeg det da ikke bedre af, Maria.

- Nåmen, jeg synes bare hun er blevet så mærkelig.

- Og det synes du ikke hun var før?

- Njah. Det er anderledes nu.

- Èn ting er sikker: Når Lydia sætter sig noget for, bliver hun den værste bistersnude jeg kender. Men denne gang tror jeg nu hun er ude hvor hun ikke kan bunde, snøvler Kasper. Maria nikker, læser igen sit udgivne digt, og sukker, mens Kasper fornøjer sig med et hosteanfald.

- Skal vi lyve omkap? spørger Kasper lidt efter. Maria ryster på hovedet, men kan ikke lade være med at grine, og der er ikke noget som latter til at tage brodden af de mange strenge tanker som de fleste har om sig selv, og så prøver hun at lære ham at synge en af kvidrekvitkorets melodier, og det kan han heller ikke finde ud af, indtil en af drengene som slænget består af kommer over, og de hilser så henslængt at navnene knapt nok kan slæbe sig frem ad asfalten de står på:

- Erritslev.

- Bennum, og den nyankomne ligner en som Zarmasan har hoppet på i en uge, og Maria er en og drengene er to, og langsomt giver hendes tanker hende god grund til at tro, at hun bliver presset ud, og til sidst går hun med sit digt og ramponerede glæde og trang til at blive hørt, set og forstået.

I spisefrikvarteret lister Lydia over til børnehaven. Hun stiller sig, så ingen kan se hende. Jo, der sidder pigen i den gule flyverdragt helt for sig selv i sandkassen. Nogle snotmaskiner i nærheden står og hvisker og tisker, og peger og fniser. En dreng løber sig fra et par andre, rører lynhurtigt pigen, og så råber drengene: - Adr Einar, nu har du kræft i fingeren! og drengen griner og råber, at det har Bussesnot lavet, og straks spinkler rollingernes stemmer sig sammen, mens de peger og synger: - Bussesnot mamam, bussesnot mamam, og den gule flyverdragt giver sig til energisk til at råbe mod: - nejnej, IKKE snotmamam, IKKE BUSSE, jojo, og plageånderne giver sig til at opføre en pantomime, hvor de piller bussemænd ud af hinandens næser og æder dem, og så begynder den gule flyverdragt at slå om sig, og den græder og skriger, og så giver de sig allesammen til at slå på flyverdragten med pinde, indtil de voksne kommer løbende ud, og den beskyldte rolling brøler af gråd, mens det ligner at hun prøver at lave flyverdragten om til et musehul hun kan forsvinde i.

Lydia trækker sig tilbage, mens hun gnider sig i hænderne som en pengepuger, og gnægger og savler: Det virker! Det virker! Så, rolig nu, Lydia, det er bare en prøve, det er kun med nogle snotmaskiner. Jo men det virker, det virker. Rolig nu. Min rygtekraft virker på snotmaskiner, men hvad så med nogen der faktisk er tilstede og ikke laller rundt og knapt kan stå på benene? Det virker, det virker, jaja, rolig nu. Hun løsner halstørklædet. Det er så varmt. Hun er så god. Bestemmelsen smiler anerkendende.

KAPITEL 13

Ude på gangene suser det med rygter. De siger, at Regitze har kissemisset med nogen, og så er hendes mor blevet helt varyl i æsken. Nogle hævder, at de har set Karina gå omkring som et spøgelse, der ikke kan finde sit lagen, og hun græder endda, så det er lige før man får ondt af skrumlet, og i skolegården, eller i klasseværelserne når de venter på at læreren skal hente et eller andet, hvisker og tisker de om, at Karina er blegere end Hivervejr, og så siger de at Regitze er blevet sendt på kostskole fordi hun kissemisser med en pige, men det kan man da ikke, jojo, og det er hende der Karina som hun altid går med, nej, er det det? ja, det siger de, nej, piger kan slet ikke kissemisse med hinanden, og det er i hvert fald rigtigt, men hvad nu hvis det faktisktalt ér hende som Regitze har kissemisset med, og luften er tyk af gisninger, og så bliver det svært ikke at kigge mærkeligt efter masemonstret og sludre og sladre, men ingen skal nyde noget af at spørge, for hvordan kan man vide om det mærkværdige også har taget hendes masemagt, og et rygte om at nogle har rygtet det hele snurrer op, og de siger og de siger, indtil de får dejligt ømme halse.

Bag den lukkede dør til klasseværelset, hvor GPG2V holder til, siger Næsen:
  - Men Lydia, har du slet ikke hørt det?
  - Hørt hvad?
  - De siger, at Regitze er blevet sendt på kostskole.
  - Hvem? Nåeh...
  - Og Karina er helt mærkelig.
  - Nå. Hvor? Hun er da ikke her, vel? Inden nogen kan svare fortsætter Lydia:
  - Nå, men så har vi da lidt arbejdsro. De er nok bare forkølede, siger hun. Hivervejr piver et eller andet, og Næsen

siger:

- Jamen, vi er kun tre. Vi synes, det er bedst at tale med hr. Svenning om hvad vi gør nu.

- Nej! Jeg mener, det er der da ingen grund til. Jeg har jo fulde planer med fnugkrystallerne, og jo hellere end sent skal vi finde ud af hvordan de skal sakses. Der er ingen tid at spilde, nu skal I bare se, siger Lydia, og smider en masse tegninger på bordet.

- De er helt nye. Jeg har lavet dem meget bedre. Jeg er sikker på at to så kloge tøser som jer, nemt kan finde ud af hvordan det hele skal laves, siger Lydia, læner sig tilbage på stolen, og lader et lille smil selv finde ud af hvor det kunne tænke sig at nyde en stor kop varm kaokao.

Efter lidt rumsteren med papirer og forsøgvise sakserier, siger Næsen beklagende og umådeligt forsigtigt:

- Nej, Lydia, det kræver vist at man er meget fingernem, eller også forstår vi slet ikke de nye tegninger heller. Vi kan altså ikke finde ud af det! Hivervejr nikker.

Et øjeblik bruser en stor trang til at rygte de to helt i stykker op i Lydia, men Bestemmelsen når at sende en pil fornuft igennem raseriet, og hun nøjes med tavst at betragte de to fummelfingrede dumtøser.

- Kan du ikke bare vise os hvad du mener? spørger Næsen.

- Jo, Næsen, det kunne jeg sikkert godt, men det er bedst at jeg bevarer overblikket, og leder og fordeler arbejdet, men jeg er stor nok til at indse, at jeg må finde på noget der gør det nemt for jer, som om jeg ikke har nok at lave, jeg havde jo ellers regnet med at netop I to kunne komme flyvende fra start, men sådan er det altså ikke. Jeg finder ud af noget.

- Hvad skal vi så lave nu?

- Ja, kan I ikke øve at klippe lige og fint, det får vi i hvert fald brug for.

- Ej, Lydia, det er altså kedeligt. Kan vi så ikke bare lave gurrelante, nu er vi så få? Vi når det alligevel aldrig med det andet du siger du vil, siger Næsen, og hendes næse bliver lidt rød, og inden hun har sagt de sidste ord, ser Lydia for sig, hvordan en orange mejetærsker først falder ned på Næsen og maser hende, og derpå at maskinen kører frem og tilbage over pigen og klipper hende i bittesmå tusindstykker. Igen spidser fornuften igennem hende, og hun trækker i stedet en stor mundfuld luft i sig, og tæller til to.

Lidt efter befinder klasseværelset sig målløst midt i skolen, og lytter til en rødmosset elev med glat lyst hår, der har stillet sig op på katederet, som om hun er en lærer entusiasmen overraskende har smidt ud af sin normale drøvtyggertone bag det sædvanligt triste møbelfort.

- Kammerater! Vi er samlet her i dag, hvor dagene presser sig på. Hvad skal det ende med? spørger I. Hvordan skal det gå? Hvorfor kan vi ikke gøre som vi plejer, og lave gurrelante? Men vi må se videre, for spørgelsen er: Hvad lever på den anden side af plejer? Hvorfor ikke kigge nyt, nu hvor åget er faldet, og et nyt venter, og se fremad, mod flottere pynt og imponerende gange. Tænk på hvor skønt det er at vente på noget vidunderligt, som højhyggeaften og store is på stranden. Jeg beder jer om jeres tålmodighed, og jeg skal nok passe godt på den, for idéen I fik at se, var indrømmet ikke den bedste jeg kunne gøre, men vise uden mål er kun tom snak.

Ja, der er ikke noget at lave lige nu, men det er stilheden før stormen, og tænk hvor fantastisk det kan være at vente på rigtig at komme i gang, ikke med at lave noget så almindeligt som gurrelante, men i stedet være med til at løfte gangpynten til højder som ingen skole nogensinde før har prøvet, og hvor travlt har I ikke egentlig til hverdag med lektier og prøve ikke at blive forfulgt af alle de som er efter jer, så vil en pause, hvor I kan sidde og rigtig lave ingenting, og nyde tankerne om hvor vidunderligt det bliver at vinde kåringen og være med til det bedste pynt, ikke nære jer og fylde jer med ro og glæde? Det er bedst at samle kræfter, for jeg lover jer: Det bliver helt vildt!

Derfor er det vigtigt at stå sammen og tie stille overfor de voksnes tyranni, især Former-Finns, og dem der laver hans kølvand, og heller ikke sige noget til Beatrice Bender, for sådan er frontgængernes vilkår, kun at træde i samme takt, men det er bedre udenfor den slagne vej, som tusinder har væmmet til, og undskyld jeg siger det, men det er til jeres eget bedste: Når man ikke kender til andet end gurrelante, bliver man småt i tanken og smal i hovedet, og storhedladenskaben vokser bedst i absolut stilhed, og derfor må vi holde for os selv hvad der sker i vores glorværdige Gangpyntergruppe 2. Vest og især aldrig tale med Beatrice Bender. GPG 2: Vest! GPG 2: Vest!

- Hurra! udbryder Næsen, og rager sig en øjeblikkelig rødme til sig, og Hivervejr lægger en hånd på hendes skulder, mens Lydia klapper sit eget kampråb frem.

◇

Elmo bor hos sin tante og onkel lidt udenfor byen i et gammelt men velholdt landsted, der tydeligvis ikke vil have noget med andre at gøre, og han har, som det eneste barn nogen kender, sin egen jerntrappe, der klamrer sig til gavlen af den længe, hvor han råder over et helt loft, og så mange kvadratmeter har knapt nogen voksen i miles omkreds at muntre sig på. Her står nu Lydia, og retter håret. Hun banker igen på. Døren går op, men ikke mere, end at den forbliver en stærkt mistænksom sprække.

- Hvori består dit andragende? spørger Elmo. Det hun kan skimte af hans hår, stritter i alle mulige retninger.

- Elmo, luk mig ind.

- Hvad vil du?

- Jomenjamen, jeg vil bare snakke lidt.

- Om hvad?

Lydia giver sig ud på en længere rejse, sådan som de fleste piger, der ikke kan fortælle en historie uden partout at skulle forbi mange uvæsentlige detaljer inden de endelig ankommer til sagens kerne. Han kniber øjnene sammen, som om de er en løgnedetektor.

- Nåmen, det er bare fordi Maria bliver ved med at snakke

104

om at hun er bekymret for om du har det godt, men hun er ikke kommet forbi for at se til dig, er hun vel? Ikke som mig, der jo gerne vil vide at min gode ven har det godt, og ikke som Maria der synes det er vigtigere at hyle i det der kor, og glemmer at passe andet end sit eget, og jeg vil bare lige snakke lidt og ikke om noget særligt eller noget som hygger dig ud af høj eller bliver besværligt, bare lige se dig og vide at du har det godt, Elmo.

Endelig åbner han døren helt. Hun træder ind, og vandrer rundt mens hun betragter værelset. Ingen kommer ofte hos Elmo. Hans værelse ligner mere et værksted end et hjem, hvor man kan hygge sig og slappe af fra barndommen.

- Puh, her stinker af lugt, siger hun, holder sig for næsen, og spørger: - Hvordan kan du være i det rod? Hun flytter på et par ting, som intet menneske kan have nogen anelse om hvad er. Med det samme kaster Elmo en afværgende arm ud.

- Nejnej, la' vær'! Det skal ligge sådan, ellers kan jeg ikke hitte ud af det!

- Hvad i alverden ER alt det her? spørger hun, og kigger på støvede bunker af mærkværdige anordninger, som ligger langs væggene. Elmo peger sporadisk, og remser:

- Hensigt-O-Gims, Multimo, Maxiglasvisir, Krammatron, Subliminimaten, Vuffatron og så videre. Den der kan tælle kalorier, når du peger på noget mad. Lydia er vandret over til et meget langt bord, som er fæstnet til væggen og løfter en besynderligt udseende genstand op til øjenhøjde.

- ER DU TOSSET!? DEN MÅDUIKKERØRELADVÆR!

råber Elmo, så det giver et sæt i hende, og hun taber tingesten. Elmo kaster sig frem, og når lige at gribe den, inden gulvet tager hårdt imod.

- Jajaja, slap dog af! siger hun febrilsk. Elmo er helt vild i øjnene, mens han krammer tingesten til sig som om den er en ihjelkørt hundehvalp.

- Den er ikke færdig. Men det er min største opfindelse nogensinde. Den kan lave strøm af mørke!

- Nånå.

- Jeg kalder den for mørklektriskeren, hvisker han. Lydia trækker sig lidt væk, og lader tiden æde en smule af forskrækkelsen, der har sat sig i hendes mave.

- Og hvad er det? spørger hun så, og peger med øjnene.

- En hængekøje.

- Hvad bruger du den til?

- At sove i, svarer han og lægger varsomt opfindelsen fra sig.

- Man kan da ikke sove i en hængekøje indenfor Elmo, den kan kun bruges ude i haven om sommeren mellem træer, at kigge skyer med og drikke kold limonadesaft fra og tænke på jordbær og store is.

- Du taler, som du har forstand til. Hængekøjen leverer uovertruffen søvnkvalitet året rundt til den kræsne sover. Det er jer småtskuende madraskrammere som er galt på den!

- Du er godt nok noget for dig selv, Elmopelmo.

- Nu har du set mig: Er der andet du vil udover at fornærme? Jeg mener at erindre, jeg udtrykkeligt har forkyndt, at jeg holder fri, vil være i fred og ikke forstyrres, og trods din modsatte bedyrelse nægter jeg at tro, du er troppet op for at beskue mit velbefindende. Du er her for at plage mig om et eller andet, ikke sandt? Hans klare blik svitser Lydias løgnerhud.

- Men Elmo, det er bare lige, altså nej, det er fordi jeg så gerne vil undgå gurrelante i år, for bliver det gurrelante, så er jeg sikker på, at jeg bliver ret meget syg, Elmo, og derfor har jeg måttet klatre til tops i GPG2V, men jeg kan ikke rigtig sove så højt oppe, og har ondt i hovedet og maven af at tænke så meget, det LIGGER ikke til mig at skulle mase så vældig med noget, uanset at jeg jo HAR fået idéen, men Kunsten gider ikke hjælpe mig med at tegne den ordentligt, selvom hr. Hr. Mand siger, at det skal den når hun sådan har sat sig i mig med hendes idé, og når jeg viser min gøretegning til de andre, siger de, at de ikke forstår hvad jeg mener, selvom jeg jo VISER DEM mønsteret, men de gider ikke hvis ikke det er mindst lige så nemt som at lave gurrelante, selv ikke Hivervejr, der ellers er dygtig til sådan noget med papir, for når jeg stille og roligt prøver at forklare hvordan det skal være, så begynder hun hver gang at græde, og vil ingenting, og tiden går, og det er da uretfærdigt, hvis den ene har en idé, der er så meget bedre end hvad nogen andre kan finde på!

- Jatak, det kender jeg alt til! Verden er fyldt med underskuere og mindretænkere, der ikke kan svinge sig op til at ville andet end det sædvanlige!

- Ja nemlig, og så tænkte jeg: Elmo! Elmo er den klogeste jeg kender. Han kan finde ud af alting, og her trækker Lydia et stykke krøllet papir frem og fortsætter: - Se: Selvom Kunsten svigter mig, har jeg helt selv prøvet at lave en gøretegning, rigtig meget faktisk, og kommer altså ikke rendende som du ikke vil have, uden først at have gjort noget selv først, og med al den genialiskabenhed du har inde i din enorme tænker, så er det noget du kan finde ud af førend jeg når at sige tusind tak for hjælpen, for jeg KAN ikke finde ud af at lave sådan et fnugkrystal og slet ikke at vise andre hvordan man skal gøre. KAN ikke, Elmo! Og når bare du hjælper med med det her, så skal jeg nok lade dig være altid mere efter det, siger hun, rækker papiret mod ham, og behøver ikke engang at bede sine øjne blive store som tiggende oprindterbørns.

Elmo og hans korslagte arme ser på hende præcist så længe, at hun er lige ved at tro, at han siger ja, og da det øjeblik er passeret, og en lille hurra-glæde allerede bobler i maven, ryster han på hovedet.
 - Nej!
 - Nej?
 - Ja: nej!
 - Men du behøver slet ikke være så grundig, når du hjælper mig, du skal bare lige tegne lidt og sige hvordan det hele skal gøres, beder Lydia, og hendes ord har tændt et lettere forglasset lys i hendes øjne.
 - Lige kan! Det er typiskt! I tror altid, at alting jeg gør er bare lige. Elmo kan du ikke *lige* dit, og kan du ikke *lige* dat! Ingenting er nogensinde bare lige, og slet ikke hvis det skal gøres ordentligt, og hvorfor gøre noget, hvis ikke det bliver ordentligt? Er du klar over hvor mange ting jeg skal tænke over og huske på for hver gang en af jer siger *kan du ikke lige*!? Jeg

forskertser sjældent min tid med idelige sysselsætterier som pyntelser, Lydia. Hvorfor spørger du ikke tølperen Kasper, den bajads og kanalje, der blot flanerer omkring som en... Nej! Du skal ikke lokke mig ind i noget. Jeg holder fri, ferie og vil være i fred! Det er ikke mit problem. Løs det selv! siger han. Lydias tiggerøjne skifter farve og bliver smalle som en ond og forblæst betonafsats under en motorvejsbro.

- Hvis ikke du hjælper mig, så... siger hun.

- Så hvad? spørger han.

- Så kommer du til at fortryde det! hvæser hun. Elmo ser på hende som en far betragter sin datter, der igen er blevet viklet ind i flyverdragten, og tror at man kan skrige og slå sig ud af den.

- Nå, men det vil jeg altså ikke. Og nu har jeg travlt med ingenting at lave, Lydia.

- Ej, tak for at du er sådan en god KAMME-rotte, snerrer Lydia bidsk, mens hun krøller sin tegning sammen, og stopper den så hårdt ned i en lomme, at dens sømme klager sig, hvorpå hun stamper over gulvet, så plankerne og Elmos opfindelser hopper med, og knalder døren i efter sig med et brag.

- Tag at plej mindre omgang med Kasper og hans stupide påhitterord! råber Elmo efter hende, mens jerntrappen gungrer af hendes vrede trin.

Lydia holder ikke fri, men tramper det meste af vejen tilbage til Lillevang, som om hun vil straffe asfalten og byen og selve den planet hun bor på.

KAPITEL 14

Det store frikvarter regner væk, og nedbørens vildeste dråber har væddemål om hvor mange næsetipper de kan nå at dryppe fra, inden det er slut. De elever som kan, forsøger at søge ly under halvtage og deslige, men mange møder ikke andet end skubben og masen, og kun de stærkeste finder fuld beskyttelse mod regnen. De modigste, eller dummeste, drenge tager opstilling i døråbningen til gårdtoilettet, hvor alle udmærket ved, at det vrimler med gulvfisk og kummekrabber.

Sgu-Jytte står som et stort og skråt mejselslag på den brede hovedtrappe, der er fældet ind i skolens bygning, hvor hun har udsyn over stort set hele skolegården, og samtidig kan være i ly under taget, men det forhindrer hende ikke i at være iklædt knaldgul regnfrakke og røde gummistøvler. Hvis ikke man vidste, hvad der er indeni, ligner hun en af de bedste og mest læskende sommeris man kan tænke sig.

Lydia glipper mod regnen, og får våde kinder. Det gør alle andre også, men hendes kinder er lidt vigtigere, for nu har hun bestemmelsen i GPG2V, og den taler til hende om hvad den har brug for, og det er at have styr på alt og det hele, og det er lidt svært når man kun er en, for et er at løfte bestemmelsen, noget andet at bære den, siger den til hende. Og ja, se bare: - Hvem står dernede og garanteret er ved at underhulle hendes plan? Lydia har fået øje på en lille klynge piger, som klumper sig omkring en indgang. Hun suser straks hen, og maser sig ind mellem de våde regnfrakker og rystende kroppe, som er samlet her, og forbi protesterne og de hårde albuer og spidse knæ.

- Hej piger! Nå her står I og snakker med pressen, som hun tror sig ind at hun bilder? haster Lydia forpustet, og gør falsk smilende tegn mod den pige, som nu tager ordet:
- Beatrice Bender, jeg skriver for Bladet: Så ved du bedre!
- Hold nu OP med at sige hele dit navn Bea! Alle på skolen ved, at du er Beastær, og laver det åndssvage skoleblad, siger Lydia.
- Jeg er IKKE en stær! buser det ud af Beatrice, og en rødme sprutter over hendes ansigt som en rystet sodavand. Med det samme trækker hun et smil på, så kun øjnene ulmer.
- Hvad jeg ville sige er: Det er rart I ved hvem jeg er, og kender til Bladet: Så ved du bedre. Lydia stønner.
- Lydia Wengen, jeg er ved at foretage et interview med et par af dine gangpynterkammerater, siger Beatrice, og vifter med sin notesblok.
- Interview? Om hvad?
- Ja, om det som foregår i gangpyntergruppe 2. vest.
- Nå, fint. Jamen, jeg er spændt på at høre om hvad det er som foregår, så lad jer endelig ikke forstyrre af mig, siger Lydia, og smiler overstrømmende til Næsen og Hivervejr, der straks giver sig til at padle hurtigt for ikke at kæntre i Lydias grimasse.
- Som jeg var ved at sige, er Bladet: Så ved du bedre! meget interesseret i at høre mere om de fnugkrystaller som det siges I

er ved at lave, og vil gerne sidde med i en pyntertime, så vi kan beskrive dem og tankerne bag for vores læsere. De to piger ser forskrækkede på hinanden og Lydia.

- Det er nok bedst, hvis du spørger Lydia om det, siger Næsen.

- Nå, hvorfor det?

- Det er hende som bestemmer.

- Virkelig? Er du bagpigen for det hele? spørger Beatrice, og stikker notesblokken hen mod Lydia, som om den er en mikrofon. Lydia ignorerer den, og ryster straks på hovedet:

- Nejnej, det har Næsen misforstået: Vi er skam enige på en flad plan om at vi allesammen er over linie med at være sammen om det fælles, og det kan du sagtens skrive, ikke sandt piger? Et sekund stiller sig op med hænderne i siden, og stirrer skarpt på Lydia. Så bliver det sekund sparket til side af et større sekund, der på en eller anden måde er meget længere end det første. Et par svedperler bryder frem på Lydias pande. Beatrice mumler og skriver samtidig:

- Bagpige nægter mel i travet. Derpå vender hun igen blikket mod pigerne.

- Det er altså virkelig spændende, at I sådan har tænkt jer at bryde med traditionerne og give jer i kast med at udfordre kåringen med, ja, avantgarde i gangen! siger Beatrice, og bemærker til sig selv, at det er da en god overskrift, og får igen travlt med at kildre sin notesbog med blyanten.

- Men Lydia, vi har også modtaget efterretninger om at tonen er hård i gruppen, og måske svær at være i. Er det nødvendigt at køre dine kammerater så stramt, Lydia Wengen?

- Hvem siger det? svirper Lydia.

- Ja, det kan jeg naturligvis af hensyn til mine kilder ikke oplyse.

- Jeg har vel ret til at vide hvem der spreder sådan nogle usande rygter? Jeg kan slet ikke genkende det tegnebillede du sætter op. Vi har det sjovt og hyggeligt i GPG2V, altid, har vi ikke også piger? og hvis Lydias mine før var en stor bølge, så er Næsen og Hivervejr nu havnet i direkte kuling.

Det er begyndt at buldre med regn, og Sgu-Jytte trækker sig længere ind i hovedindgangens mund. Straks stiller slænget sig i kø i det hjørne af skolegården som mindst kan ses af Sgu-Jytte. En for en giver drengene sig til at løbe alt hvad de kan, for derpå at kaste sig på knæ og kure over den spejlblanke asfalt under hujen og store smertensudbrud. Ingen skænker deres skøre opførsel nogen videre opmærksomhed, men så kommer Kasper løbende, forpustet og med blodige knæ.

- Nå, hej Beatrice! Sikke en flot regnfrakke! siger han, og komplimenten lider hurtigt en sølle død for foden af isbjerget.

- Nå, se Beatrice, der har vi jo Kasper Erritslev, en af mine bedste venner. Hvad er det du laver, Kasper? spørger Lydia, som om hun udspørger ham til ære for Beatrice, men sørger samtidig for at have et halvt øje parkeret på pigerne.

- Nåmen, det er Lunelaten der påstår, at det gør mere nas at skrabe knæ på tør asfalt end våd, så det måtte vi jo lige undersøge.

- Lunelaten, ja, og hvad er resultatet? spørger hun, som om hun er en quizvært og Beatrice hele publikummet.

- Jamen, det ved vi først, når vi har prøvet på tør asfalt, siger han forpustet, og er lige ved at smutte, men Lydia får fat i en snip af hans ærme, og holder ham tilbage.

- Se, Beatrice, hvorfor skriver du ikke om Kasper og de andre? Du kan tro, at de har fart på, med mange underholdende og oplysende aktiviteter, som er langt mere spændende at fortælle om end livet i en pyntergruppe, hvor vi bare klipper og klistrer. Endelig får Kasper revet sig løs.

- Tænk at livet spilder kræfter på at lave drenge, hva'?, griner Lydia påtaget, og ryster medvidende på hovedet, mens Kasper piler tilbage til sine kammerater. Benders udtryk er så stift og koldt, at hvis hun vendte det op mod regnen, ville den straks fryse fast til hendes ansigt.

- Som sagt vil Bladet påskønne muligheden for at sidde med i en pyntertime, vedbliver Beatrice uanfægtet. Næsen skal til at sige noget, da Lydia bryder ind:

- Beatrice: På nuværende stundpunkt har vi brug for alle vores koncentrationer, og det er bedst ikke at vælte den skrøbelige proces det er at skabe noget så visionært, så det er altså ikke meget så godt lige nu, hvor vi frontalt sagt skal være de første og eneste med noget andet end gurrelante, og er tvunget til at finde op det hele selv, men jeg kan sige så flot, at det bliver meget vældig godt, og i hvert fald ikke blåt, og helt sikkert en bedre end god chance for vinsten af gevinsten som den flotteste gang i år, ikke sandt piger? og Næsen og Hivervejr nikker som aks på strå for en vind ingen kan finde læ for.

- Nå, det er en skam, at Bladets læsere må gå glip af hvordan man egentlig griber sådan nytænkning an, det kunne ellers være hjælpsomt og måske gelejde andre i lignende utraditionelle retninger, siger Beatrice, og lader en pause runde hendes kommentar af. Der går et par sekunder.

- Var det et spørgsmål? siger Lydia endelig.

- Det var en opfordring, men så lad mig spørge dig, Lydia Wengen: Hvad vakte din nye, og for mange overraskende, interesse for gangpynt?

- Jeg tror, du har rigeligt på din blok nu, Beatrice.

- Ingen jeg har talt med kan mindes, at du nogensinde har udtrykt ønske om at have noget med gangpynten at gøre. Hvorfor nu?

- Sikke det regner, siger Lydia.

- Ved ophavsmanden til hele pyntetraditionen, formningslærer Finn Svenning, at I kun er tre? Såvidt vi er informeret, skal der være fem pyntere i en pyntegruppe.

- Nej, Karina er da stadig med, selvom vi ikke har set hende på det sidste, indskyder Næsen. Hivervejr nikker, og Lydia er en kat, som vogter på to fluer.

- Det er nok nemmest hvis jeg er talspige, Næsen, mumler hun, og fortsætter:

- Jaja, Karina skal bare lige samle skørterne, og så venter vi jo selvfølgelig på Derogdet Denogher, som vist er ved at få det bedre, ikke sandt piger? siger Lydia, og ordene smyger sig forbi et stift smil, og de er tykt lakerede med venlig lak, hvori der ligger mange sorte fluelig, og pigerne nikker forsigtigt som damer med migræne.

- Denogden Detogdet, mener du?

- Ja, var det ikke det jeg sagde?

- Bladet: Så ved du bedre! er også interesseret i oplysninger der kan føre til forståelse af de hændelser som afstedkommer tidligere GPG2V'er Regitze Gerhards pludselige udmeldelse af Lillevangskolen, og efterforsker forlydender om at hun nu er kostelev, men har bestyrket mistanke om at miseren kan være opstået som resultat af rygtemageri uden nogensomhelst rødder i sandhed, som, begynder Beatrice, men Lydia afbryder:

- Jeg er altså stadig meget sikker på, at ingen gider vide hvad der foregår i en gangpyntergruppe, andet end at vi klipper og klistrer, og så er den ikke så meget længere, Beatrice. Hvad folk laver i deres fritid er vel deres egen sag?

- Det er bare besynderligt at en passioneret pynter som Regitze Gerhard, der påviseligt har været stærkt optaget af GPG2V's aktiviter i en årrække, pludselig forsvinder under mystiske omstændigheder, og så endda lige op til afstemningsdag og kåring.

- Jeg kan umuligt udtale mig om det, da jeg intet har med det at gøre, siger Lydia, og Beatrice noterer, som om det er noget helt andet hun lige har sagt.

I det samme kommer en våd rolling rendende, og begynder at trække i Beatrice Benders frakkeskøde. Hun prøver med benet at puffe snotmaskinen væk, men den bliver ved med at hive og hviske, og hun må rive sin opmærksomhed væk fra GPG2V, og de trækker ud i regnen, hvor hun bukker sig og lader rollingen sige hende et eller andet i øret, samtidig med at barnet strækker hånden krævende frem, og med et udtryk, som en der helst ikke vil have at nogen andre ser hvad der foregår lige nu, stikker

Beatrice hurtigt hånden i lommen, henter noget og lægger det i snotmaskinens hånd, der dog ikke forsvinder, og så må Beatrice igen til lommen, og endelig løber rollingen over skolegården, og Beatrice retter sig med en blandet mine.

- Lydia Wengen: Har Formningslærer Finn Svenning overhovedet godkendt jeres fnugkrystaller?

- Det har jeg svært ved at se kommer dig ved, da du intet skal have med det at gøre, tak for i dag, hejhej. Nånej, forresten, alt det vi har snakket om, det skal du ikke skrive.

- Det er for sent, Lydia Wengen.

- Nej, det er det jo ikke, Beatrice Bender, når jeg siger til dig, at du ikke skal skrive, hvad jeg lige har sagt, for jeg er sikker på at du drejer alt hvad jeg siger til noget andet end hvad jeg siger, for jeg er ikke dum og kan sagtens mærke at du ikke tænker på andet end at finde mel i travet!

- Det kan jeg for det første garantere jeg aldrig kunne finde på. Bladet kolporterer kun og udelukkende rå og efterforsket fakta, og for det andet skal du tydeligt på forhånd erklære, at vores samtale er udenfor citat, og det gjorde du ikke, vel piger? og meget tøvende ryster Næsen og Hivervejr benægtende hovederne, men ikke uden at indkassere frygtelige blikke fra Lydia.

Da marcherer en skikkelse gennem regnen og skolegården, og tiltrækker sig blikke og forskrækkelser, og det er Karina med en meterstok i favnen, og hun har kurs direkte mod Lydia og de andre, der straks trækker sig tilbage, og endda ud i vejret, selv Beatrice.

- Nå, der har vi Karina, så kan du jo selv spørge hende om hun stadig er gangpynter i GPG2V, hvis du altså tør, dræver Lydia, som om hun læser vejrudsigten fra sidste november op. Det er som om en skygge ruller over asfalten, men Lydia bliver stående mens monstrummet kommer stormende, og så siger hun højt og klart:

- Nå Karina, du har fundet dig en hel meter. Tror du den er nok til at måle hvor dum du er? Alle gisper, og skælvet slår ud i hele gården, der bliver så stille, at selv regndråberne standser deres plisken. Monstrummet manøvrerer meterstokken, så den kan svinges, og de tilstedeværende er ved at træde over hinanden for at komme væk fra cirklen den kan beskrive, og alle ved, at nu er Lydia kun et halvt øjeblik fra at blive slået ind i næste uge, men i det samme træder hun helt ind til Karina, som om de skal til at omfavne hinanden, og nedbøren holder sig stædigt svævende for at følge med i hvad der nu sker, og senere påstår folk hårdnakket, selvom ingen er i pålidelig hørevidde, at Lydia siger: - Var der noget? og de vil vædde på at hun siger: - Du skal måske have et rygte på dig? Mon ikke du kissemisser med Ækeld?! og alle ser, at Lydia endda træder tilbage og ud i meterstokkens præcise rækkevidde, hvorpå hun gør en mærkelig bevægelse, som om hun maler akvarel ud i luften, og de er helt sikre på, at Karinaen bliver bleg som fugerne i skolens mur, taber meterstokken og BAKKER, og derfor er det klart, at der måske kan være hele TO tabulter på skolen, og alt er skrækkeligt, og senere kan Beatrice slet ikke læse hvad hun skrev i det øjeblik, for alle svævende regndråber og dem der hænger i kø bag dem, styrter i samme nu med et vældigt plask!

Når et lokale fyldes med børn i halvvådt tøj, der på kryds og tværs af klasser og aldre skal enes om at opføre sig nogenlunde menneskeligt og først og fremmest stille, fordi det er tanken, at de sammen skal nyde godt af at se en fornøjelig og opbyggelig vinterfilm som led i inspektørens kom-hinanden-ved arrangementer, så er det et udmærket eksempel på at voksne oftere end sjældent ved meget lidt om hvad livet egentlig indebærer, og hvordan det faktisk fungerer. Det er imponerende hvor mange niv og puf og hviskende løfter om gulvfisk og buksevand og venneløshed og straf efter skole, der kan udveksles i, hvad de par lærere som står for denne eftermiddags filmsforevisning opfatter som en rimelig rolig og tolerant atmosfære.

Fremviseren har i flere minutter tålmodigt klikket en i de flestes øjne ret kedelig film, om en pige der løber hjemmefra fordi hun ikke må få en hund, frem, og historien flimrer og skaber sig på lærredet, indtil det nærmest uundgåelige øjeblik, hvor maskinen nægter at vise så meget som en scene mere, og i stedet glad giver sig til at brænde hul i filmstrimlen, så damelæreren, der står for teknikken, begynder at panikke ved fremviseren, der udsender røgsignaler, og med et virker det til at hele lokalet lige så godt kunne være broen på en stjernekrydser i dødsfuld ildkamp. I hvert fald bliver lyset tændt, og det er signalet til at de forsamlede må spjætte med arme og ben og slippe alle de ord og især lyde, der indtil nu har hobet sig op på tavshedens strand, ud.

Midt i virakken, der elsker at træde op når de voksne pludselig er nødt til at koncentrere sig om andet end den strengt ordensskabende funktion deres blotte tilstedeværelse har, eller bør have, snubler Elmo sig vej langs stolerækkerne, og når frem til Lydia. Han puffer en yngre og protesterende elev væk fra pladsen ved siden af, og sætter sig tungt.

- Lydia! Hej! Interessant film, hvad? Tænk at have så megen fantasi, det kender jeg personligt en del til. Æhm, over til noget helt andet: Jeg tænkte, om du måske ved hvorfor Beatrice pludselig ikke vil tale med mig? Lydia vender sig halvt væk.
    - Hvad jeg ved, og det ved jeg ikke om du ved, Elmo, men det er, at der er det ved det, at jeg faktisk er ret travl i øjeblikket, for jeg har fået mas med en gøretegning, forstår du, og følger ikke rigtig med i hvem der ikke taler med hvem.
    - Men, det er bare fordi Beatrice er helt anderledes end normalt. Faktisk ret meget som hun plejer at være overfor Kasper.
    - Nå. Og hvad har det med mig at gøre?
    - Jamen jeg bringer det udelukkende op fordi du sidst nævnte noget om at-æh...
    - Hvad?
    - At det ville blive værst for mig selv, næsten hvisker han, og er det ikke en tåre som glimter i Elmos øjenkrog?

- Sagde jeg det?

- Ja. Lydia: Ved du noget?

- Løs det selv, Elmo. Som sagt har jeg meget op at gøre med min kunst.

- Men har du sagt et eller andet?

- Om hvad?

- Måske du er kommet til at nævne noget om at jeg måske... Kissemisser. Med nogen? Og det gør jeg altså ikke! Jeg er slet ikke gammel nok til at kissemisse, jeg ved dårligt nok hvad det er, men det er bare. Jeg ved ikke hvad jeg skal gøre. Hun er så mærkelig. Elmo vrider sig som en orm på en tandstik.

- Jeg ved ikke, hvad det er du tror, men jeg kan umuligt have noget at sige til det, for jeg har intet med det at gøre Elmo. Du må reparere dine egne ituer, som du selv slår til stykker.

- Men måske du kender nogen, der kender hende og kan gøre hende god igen?

- Hvis jeg gjorde, og det gør jeg ret sikkert ikke, hvorfor skulle jeg så hjælpe dig? Du vil jo ikke hjælpe mig.

- Nåja, men jeg har tænkt lidt over det. Må jeg ikke lige se din tegning igen?

Et par sekunder efter rækker hun den over. Han glatter papiret ud, og tager en blyant frem fra et sted i sin enorme parka.

- Har du nogensinde hørt om en lineal, Lydia? spørger han, og ryster på hovedet.

- Se, hvis du gør sådan, og sådan her, siger han, og slår et par streger på tegningen. Hun kigger.

- Jamen, det ligner jo et fint snekrystal, siger han overrasket.

- Et fnugstal. Ja det ved jeg da godt, det er mig der har lavet det.

- Et fnugstal, aha, siger Elmo tøvende, men bruger en kalorie på at sætte et smil op, så nogle fregner må skynde sig at finde et andet sted at være. Hun kigger lidt nærmere på papiret og Elmos streger.

- Og hvordan sætter man det sammen måske? spørger hun.

- Sammen?

- Ja, det skal være to stykker, som låser sig fast i hinanden, så det ser ud som en kugle eller hvad det nu bliver, når det er sådan et fnugkrystal.

- Nåeh, tredimensionelt! siger Elmo, holder tegningen op, og tager sine tænkebryn på:

- Ja, det kan jeg godt se er udfordrende, hvis det skal samles af tommelfingerbørn. Han tøver. Det gør Lydia ikke.

- Nåmen tak. Du kan bare give mig den senere, siger hun oplivet.

- Senere? I dag? Nej, Lydia, man kan altså ikke bare se noget for sig, slå et par streger, som en anden en indrømmet kan se idéen i, og så tro at det hele kan ordnes på et kvarter. Der er mange, mange ting og løse ender som skal bindes, førend idéen er god nok til at flyve.

- De skal slet ikke flyve, Elmo. Det er bare noget papir, som hænger i en snor.

- Er det? Og hvor tyk skal den snor være? Er det bomuld eller nylon? Og hvor lang? Hvordan skal snoren sættes op, Lydia? I hvad? Hvordan fæstner du den i fnugget? Hvor mange fnug skal der produceres? Skal de allesammen have samme størrelse? Når man for eksempel laver en gurrelante, begynder han, men bliver afbrudt:

- Jatak professor, hvorfor tror du jeg sætter dig til at løse det? Det har jeg da ikke tid til at rode med selv, siger hun i en tone, der minder Elmo om hvor lidt Beatrice Bender han får talt med for tiden.

- Det er tankedæmrende, ja nærmest besynderligtvækkende at du er i stand til at komme anstigende med en konstruktion som reverenter talt udfordrer mig. Den havde jeg ikke set komme. Du har måske faktisk lavet noget der kan anses for værende ligeud *svært*, siger Elmo endelig, retter på brillerne og begynder at humme og rynke panden, og en del fregner drukner i de dybe tænkefolder som hans ansigt laver, og de andre må holde hurtige begravelser.

- Men du kan lave det?

- Det er en gebommerlig opgave! Du bliver nødt til at give mig tid til at tænke!

Undervejs i samtalen har to lærere bakset med filmsapparatet. Omsider lykkes det at lokke fremviseren til at projicere videre, og der bliver givet signal til at forsamlingen skal falde til ro, finde deres pladser og opføre sig ordentligt. Elmo rejser sig. Lydia holder ham tilbage.

- Men der ER ingen tid, Elmo. Og husk: Nu skal du ikke lave et eller andet svært og indviklet. Det skal være så nemt som at sige ja! Vi skal snart være færdige, Elmo! De siger at 1. øst bare venter på at få lov at hænge op! siger Lydia hurtigt, og ligner en enlig mor til koliktrillinger på indkøb.

- Jaja. Og så ordner du det med Beatrice, ikke?

- Altså, jeg ved ikke rigtig noget om det som sagt. Hvem ved hvorfor hun ikke længere kan lide dig, men når du har gjort gøretegningen færdig, så de andre kan finde ud af at lave mine fnugstaller, så skal jeg se hvad jeg kan gøre.

- Hvad? Nej, nejnej, du skal gøre det nu, Lydia, ellers kan jeg ikke tænke ordentligt.

- Elmopelmo, den har du fået galt i halsen. Først hjælper du mig, og så kan vi måske kigge på det med Bea. Ellers kan det være at du får det endnu værstere! Lydias blik flammer mod Elmo, og han er en bunke tørre pinde i hed majvarme. Han bøjer hovedet, og mumler noget accepterende, der bliver suget op i den voldsomme parka, som det er ubegribeligt han kan holde ud at være i indenfor. - Se så at komme på plads Neuwirth! lyder det vredt, og så driver Elmo væk som en sæbeboble, mens han stikker hendes tegning i en af frakkens mange lommer, og forsvinder i stolerækkerne. Lyset slukkes, og i mørket og tavsheden flimrer historien om pigen og hunden videre forbi de tilstedeværende sind og deres åbne øjne, hvoraf flere end få slet ikke følger med. Lydia sidder med sin klump bestemmelse i skødet. Den er for lille. Den skal være større. Meget større.

KAPITEL 15

En smule november trækker sig træt forbi dagene. Midt i at tre femtedele af Gangpyntergruppe 2. Vest har travlt med at sidde og knapt orke at holde en opgivende stemning oppe, åbner døren sig brat, og frembringer et lille luftryk, der får nogle hjælpeløse papirstumper på bordet de sidder ved til at flytte sig, og pigernes overraskede blikke når ikke at gemme sig, førend den voksne er helt inde i lokalet.

- Nå, hvordan skrider det... Sig mig, er I kun tre? spørger Former-Finn skarpt.

- Æh, jamen Regitze går ikke på skolen længere, og Denogden er stadig sygemeldt og æh... svarer Næsen lavmælt.

- Ja?

- Lydia? Jamen denne gang skulle hun gerne komme med tegningen.

- En nem en, mumler Karina, der sidder sammensunken som en udbokset nævekæmper.

Formningslæreren ser sig søgende omkring. Han stirrer misbilligende på øen af sammenstillede borde, hvorpå der ganske vist ligger materialer og klippeklistreting, men ingen pynt.

- Lydia? Hvem Lydia? Hvilken tegning? Hvor er gurrelanten? Den skulle da ligge i bunker nu. Sig mig, hvad foregår der her? Hvorfor laver I ikke noget? lyder det vredt, og formingslæreren ligner en mand, hvis cykel lige er punkteret for tredie gang i træk, og det regner og det blæser, og han står midt på landevejens lange bakke op til Vedlev, præcist på det sted hvor der er umanerligt langt uanset om han skal frem eller vende om, og det er mørkt på den måde som lastbiler godt kan lide at køre rigtig hurtigt i. Hans spørgsmål bliver mødt af en tavs tavshed.

- Alle de andre ganggrupper er i fuld gang med at lave det sidste, og et par stykker er endda færdige, og venter bare på pedellens lange stige, som han af en eller anden grund ikke rigtig vil finde, ham skal jeg også lige have fat i, og det sidste sukker han mest til sig selv.
  - Hvad er problemet? spørger han, og ser inkvisitorisk på dem.
  - Jomen, det er bare fordi vi jo egentlig ville lave gurrelante, og var meget godt i gang, - En lang én, indskyder Karina, - men så ville Lydia have, at vi skulle blive enige om, at hun har en meget bedre idé end gurrelante.
  - En lang én, mumler Karina ned i sit skød.
  - Og selvom vi ikke kan finde ud af at lave det som Lydia siger hun har fundet på, så synes vi, at det er en bedst idé, og det har Lydia også grundigt forklaret, at vi jo godt kan se det er, men nu venter vi altså på en gøretegning, som hun lover hun laver, og at det bliver så vældig nemt og flot, som hun siger.

I det samme suser Lydia ind gennem døråbningen og nærmest skøjter hen til bordet.

- Hovsa, nåhaha, der har vi Form, jeg mener hr. Finn, puster hun ud, mens hun med hænder og blikke spørger de andre hvad i alverden han laver her, og at de i hvert fald skal klappe i.

- Lydia? spørger han surt.

- Jep.

- Hvad laver du her? siger han lige ned i Lydias ansigt, der stiller sig trodsigt op som en sten der er blevet vendt, og det kravler med bænkebidere:

- Nåmenjomenjamenaltså, det er jo fordi Denogden pludselig blev uheldssyg, og så var der ingen god grund til at forstyrre dig, for alle I voksne, og især dig, siger jo altid, at vi skal være gode til at klare det hele selv og være selvstændige, og da jeg hørte at gruppen stod og manglede en, trådte jeg hjælpendesomtil, men du har måske en venteliste eller noget?

Mens alle kan høre alle holde vejret, rynker Former-Finn brynene.

- Hvad? Æh, nej. Hvad er det for noget med en tegning? Til hvad? Hvorfor laver I ikke gurrelante?

- Altsåforstårdufordi, jeg vil bare gerne hjælpe pigerne med at skabe noget rigtig fint i år, så vi sagtensvel kan vinde trofæet, og i husgerning siger fru Skuyte, at hvis man læser opskriften omhyggeligt igennem og vejer alle tingene af, og lægger dem frem i den rækkefølge man skal bruge ingredienserne, får man altid det korrekte resultat, og at den omhyggelige planlæggelse er det trekvarte arbejde.

- Nå det siger hun? Og du vil lave en tegning? Til gangpynt?

Jamen så lad mig se den tegning.

- Æh, jomen, begynder hun, og strikker hurtigt en løgn sammen og kalder den Det er Fordi, og Former-Finn tager den på, og stiller sig tydeligvis skeptisk over pasformen.

- Men du kan vel i det mindste fortælle mig hvad det går ud på? spørger han, og ligner en der skal tisse. Inden Lydia kan svare, hører man en lyd, som hvis man langsomt trækker en lille brun mus viklet ind i et stykke groft sandpapir gennem et rustent jernrør, fra Hivervejr. Lydia prøver at kvæle hende med sit blik, men det er for sent.

- Hivervejr siger, at det skal blive til fnugkrystaller, som hænger som et snevejr hele gangen ned, og hun kan godt se at det kan blive vældig smukt, og at det i hvert fald bliver en sjov udfordring at skulle lave, når vi engang når dertil, at Lydia faktisk kan vise os præcist hvordan det skal klippes og sættes sammen og hænges op, oversætter Næsen.

- Sagde hun alt det? spørger Former-Finn, og ser mistroisk på Hivervejrs blege ansigt.

- Ja, nikker Næsen.

- Fnugkrystaller, mumler formningslæreren funderende, og lægger sine fingre i ansigtet, så det bedre kan tænke. Nu kan samtlige høre, at alle holder vejret, undtagen Hivervejr.

Lydia skal til at sige noget, men Former-Finn stopper hende med en håndbevægelse. Det ser ud til, at han taler lavmælt med sig selv. Lydia trodser hans vilje.

- Er det måske forbudt at lave noget andet end gurrelante? spørger hun.

- Nej, det er det vel ikke som sådan. Usædvanligt, jo, men ikke forbudt. Men hvis det er så svært, at der ligefrem skal en konstruktionsvejledning til, så duer det ikke. Det skal være nemt og hyggeligt.

- Men det bliver det! Det er det! lover Lydia, og sender en truestråle mod de andre, der minus Karina nikker som dukker. Former-Finn trækker sig i skægget.

- Hvis I havde været i fuld gang, så var det måske en anden snak, men I har jo intet lavet. Og når I ikke selv kan finde ud af det, så må jeg jo sige hvad I skal gøre. Gang 2. Vest er den eneste, som ikke har gurrelante klar til at hænge op til stemmedagen.

- Du kan jo nok forstå, at hvis du kommer rendende her i tide og utide og forstyrrer os i arbejdet, så forsinker det pyntningen, ikke hr Finn? siger Lydia, og de andre spærrer øjnene op, for kun det dumme barn aer ikke den voksne med gode plus-ord, som gør den voksne rolig, så den går tilbage til hvad det nu er voksne laver, udover at forstyrre børn, der som bekendt altid er midt i noget vigtigt.

- Du skal ikke stille dig op overfor mig unge dame, det kan jeg godt sige dig!

- Men søde hr. Finn, jeg er så tæt på, jamrer Lydia. Former-Finn er dog forlængst begyndt at ryste på hovedet.

- Ved I hvad: Jeg har hørt nok. Vi stopper her. Nu laver I gurrelante,

- En lang en, indskyder Karina pludselig, som en bokser der med ét har fået store kræfter til sidste omgang,

- ja, æh, og så er det sådan. Alle andre gange laver

gurrelante, og det er også nemmest for juryen at dømme efter noget ens. Hvis ikke I når at blive færdige, så beder jeg de dygtigste fra GPG1Ø og GPG3N om at hjælpe, for pynt i 2. Vest, det skal der voxedeme være! Så må vi selvfølgelig tage jer ud af konkurrencen, men det overlever I nok. Og I er under skærpet opsyn fra nu af, det garanterer jeg! siger Former-Finn, og ligner en mand, hvis cykel ikke længere er punkteret.

Karina klapper, og de andre mumler noget lettet, men Lydia kaster sig hvidhvinende på gulvet, og klamrer sig til formningslærerens ankel.

- Nejnej hr. Finn, det må du ikke, jeg lover, at der kommer en tegning det er nemt at klippe efter, jeg lover det! trygler hun.

- Er du sød at holde op med det fnidder der, siger han, og ligner en der kigger på en, der har trådt i en stor hundelort, der ligger oveni en anden og større hundelort.

- Men hr. Finnen: Giv mig bare lidt mere tid, så skal du tro du kan se hvor flot det bliver, meget bedre end alle de andre gange, hyler Lydia.

- Giv så slip din sindssyge møgunge! Formningslæreren prøver at sparke hende af sig, men hun følger med, og beskriver en bue over gulvet.

- Du opfører dig som et pattebarn! Rejs dig op! kommanderer han, men Lydia trækker siger endnu tættere på formningslærerens ankel og sko.

- SLIP MIG ELLER JEG SMATTER DIG UD PÅ VÆGGEN! brøler ham der Finn, så de andre hopper i stolene. De har aldrig set en voksen blive så vred, ikke i skolen i hvert fald, hjemme er en anden snak. Lydia løsner grebet et øjeblik. Det benytter Former-Finn sig af, og glider udenfor hendes rækkevidde. Hun giver sig til at vræle som en snotmaskine.

- Kan I ikke lige, mumler Finn Svenning, og sender en håndbevægelse ud mod pigerne. Næsen sætter sig på hug ved Lydia, der hulker højlydt.

- Ja, æh, sådan er det. Æh. Vi kan jo ikke. Nå, men jeg har travlt, gør som jeg siger, og så. Ja. Hejhej, siger formningslæreren, og går.

Lidt efter har Lydia hikstet sig ind i en roligere tilstand, og er kommet op på en stol, mens de andre ligner nogle, der sidder på en urolig bombe. Lydias røde øjne stirrer ud i noget pigerne ikke kan få øje på. Så snerrer hun som en hund, der selv tror den er vældig uhyggelig:

- Det bliver værst for ham selv. Derpå rejser hun sig, og går mod døren.

- Men skal vi ikke lave gurrelante? Som hr. Finn siger? spørger Næsen efter hende.

- Vente! I skal bare vente! svarer Lydia mørkt, og har det indeni, som når man prøver at skifte til badetøj på stranden og alle glor, og håndklædet man gemmer sig bag bliver taget af et vindstød.

Knapt er Lydia trådt ud på gangen, førend hun bliver passet op af pressen og dens lede notesblok:

- Beatrice Bender, Bladet: Så ved du bedre! Lydia Wengen, godt jeg lige fanger dig.

- Nej, Bea, ikke nu.

- Jeg vil bare give dig en mulighed for at udtale dig, inden vi går i trykken.

- Jeg sagde ikke nu! hvæser Lydia, og tramper ned ad gangen så Beatrice må småløbe for at holde trit.

- Vi er ved at lægge sidste hånd på et særnummer om problemerne i GPG2V, og det ville være så fint om vi kunne få din udlægning af situationen med, så artiklerne ikke bliver så ensidige.

- Jeg har ikke TID! siger Lydia højt, som når en mor med en børneflok pludselig står midt i en kaotisk eftermiddag, og der egentlig kun er tilbage at true med far. Lydias fødder tumler over i løb, og Beatrice stæser efter på sine kortere ben. Endelig kan Lydia brase ud i vejret, skolegården og rigelig luft at få i lungerne. Hun standser så brat, at journalisten buser ind i hende. Lydia skubber Beatrice fra sig, og langer en stiv pegefinger ud mod hende:

- Jeg er træt af dig! Du kan ikke tåle, at mine tanker er store og nye. At jeg og ingen andre på skolen har et syn og noget fantastisk at byde på, og ikke leverpostej og det går nok og ih hvor vi glæder os til højhygge som den har været i hundrede år. Hvis ikke du kan finde ud af at skrive godt om mig, så skal du slet ikke skrive noget som helst. Ellers.

- Ellers hvad? Hvilken pondus har din trussel? Præcis hvorledes vil du forsøge at knægte ytringsfriheden, Lydia Wengen? Dét vil interessere Bladets læsere! spørger Beatrice ivrigt, mens hendes blyant sprinter over notesblokken.

- Hvis jeg gør, så kommer du i hvert fald ikke til at opleve

det som at jeg prøver, Beastær! Øjeblikket efter gjalder et råb over skolegården, så dørene til toiletterne klaprer, vandposten gurgler og et par snotmaskiner ryger af klatrestativet:
- TØSER! TØSER DER SLÅS! STÅ STILLE!

Skylaget over Lillevang og omegn er tyndet ud, da Lydia begiver sig hjemad. Hun går ned ad den normale villavej, og tager sig til øret hvor Sgu-Jytte har haft fat. De sædvanlige huse ligger på deres vante pladser. Fortovet skinner af væde. Alt er som det plejer. Alligevel kan hun mærke tusind øjne på sig, og ører der lytter. Hun går videre, mens blikkene som hun ikke kan se, men ved er der, klistrer til hende, holder hende tilbage, trækker i hendes ryg. Lydias hjerte hamrer, og hænderne er fyldt med sved.
 - Hva'!? udbryder hun. Hun vender sig hurtigt rundt, men der er ingen. Et glimt får hende til fare sammen og standse op. Har nogen fundet et jagtgevær og rettet det mod hende? Er det en kikkert, som en elev hun ikke kender forstørrer hende med, for at se hvor hun nemmest kan gå i stykker? Men vinduerne er tomme, og det viser sig bare at være en kop sent solskin, der er smuttet ud mellem skyerne for at tage bad i en vandpyt. Til gengæld er en lyd krøbet frem i hendes højre øre. Hun gnider det, men den bliver ved med at vokse. Er det et kor? Det lyder som piger der synger, og synger de 'ned med Lydia, ned med Lydia!'? Hun slår sig på øret, og det får lyden til at fortrække. Skør. Hun er ved at blive skør. Selvfølgelig er der intet kor i hendes hoved. Hendes fødder sætter farten op, og til sidst er hun i fuldt løb. Villavejenes hække og plankeværker og buske

og træer og fortovsgræs springer labyrintisk op og ned i størrelser. Hun fornemmer svagt, at hun passerer andre kroppe, hun hører måske, at nogen af dem sender udråb i luften, men hun render videre, indtil lungerne stopper hende. Lige inden skoven vender hun sig mod Lillevang, der ligger og smågløder som et næsten udbrændt bål i dalsænkningen. En tidlig ugle skriger et sted mellem stammerne. Stien er tom. Træerne står som de plejer, krattet har ikke ændret sig. Hun går videre, og der ligger hendes hus. Lydia er hjemme, og har nok at gøre.

KAPITEL 16

Når november november som den gør nu, er der ikke noget bedre end at tænde et stearinlys og sidde på sin seng, så man kan kigge ud på det sidste af eftermiddagen, der hurtigt bliver slugt af mørket og en ny regn, som man allerede kan høre tromme på ruden på en 'bare rolig, jeg har hele aftenen'-facon.

- Så Dukke-Lars, nu skal vi rigtig hygge os! Lydia er omgivet af garnnøgler. Pindene begynder at klikke.

- Hvad jeg strikker? Det er en gave til dig, såmænd. Du er også sød D-L, ja du er. Ja, det må du nok sige.

Tænk at det skulle være så svært at finde en plads i GPG2V, men godt at Kasper fortalte den historie om dytkylling. Ja, tænk at de tør. Og Elmo vil pludselig holde ferie, har man kendt magen. Det plejer han ikke. Former-Finn holder desværre ikke ferie, og der får jeg nok brug for din hjælp, Dukke-Lars. Nejnej, ikke på den måde. Ja, det lover jeg! Ja, og så er der Maria, der hele tiden stritter imod alt hvad jeg har brug for hendes hjælp til. Det er ved at være trættende. Livet er så rart nu hvor Regitze er væk, men det er godt nok et problem at mine fnustaller skal være så svære at forstå. Når kunsten sådan tegner mig en genistreg, kunne den godt tage at give mig evnen til at gøreskrive den. Og klippe den. Og at Elmo er så lang tid om det: Det er simpelthen meget irriterende. Hvor svært kan det være? Åh, hvis bare jeg selv kunne, men det kan jeg ikke D-L, KAN ikke!

Nå, hov, der tabte jeg en maske. Det er da heller ikke til at have styr på noget. Måske jeg bestemmer alt for lidt. Det er bedre hvis jeg bestemmer, jo mere des bedre, så ingen tør holde øje med mig, og ingen tør bare tænke på at skrive om mig, eller sige mig imod. Hvis bare ingen vidste, at jeg bestemmer alting, men det er for sent nu. Det skal jeg altså huske til næste gang, for det er virkelig praktisk at herske fra skyggerne. Bestemmelsessyg? Nejda, jeg er jo ikke syg når bare alle gør som jeg siger, vel Dukke-Lars?

Andre? Det tager så lang tid, hvor jeg kunne nå at bestemme meget godt. Næh, livet ville være meget nemmere hvis der ikke var nogen til hele tiden at gå i vejen og sige nej og hvad de vil, hvis de overhovedet ved hvad det er, hvilket er aldrig. Lad os lige se. Nej, der mangler stadig en del. Nå, men godt at jeg kan lide at strikke. Det tror jeg ikke Hivervejr kan, med de forpustede hænder hun må have!

Sladrehanke? Joeh. Jeg kan bare godt lide at gøre tingene selv, Dukke-Lars. For hvem skal holde øje med dem, jeg sætter til at holde øje med de andre? En fejl? Jeg bryder mig ærlig talt ikke om din tone. Men. Du har lidt ret. Det er nemmere, hvis jeg hele tiden ved hvad de andre siger om mig. Regitze behøvede ikke at omgive sig med den slags. Hun havde Karina. Alle er bange for Karina. Ja, det ved jeg godt, men det var fordi Bestemmelsen kom over mig. Nu skal jeg bare huske at se ud som om den altid er det, så tør hun ikke gøre mig noget.

Kåringen? Nej, den er jeg ligeglad med. Det vigtigste er, at min gang er fri for gurrelante. Hvorfor? For jeg er meget skidt i passet over at det skal være så gurrelante i år, når nu jeg trykudeligt har sagt, at jeg ikke vil ha' det! Det er det da. Det har jeg vel nok. Det er forklaring rigeligt, hvad vil du have? At jeg går til skolepsykolog? Jeg må le. Bare skolen også var fri for Beastæren og hendes dumme spørgsmål. Tænk hvis hun heller ikke var her. Er det ikke mærkeligt: Jeg kan slet ikke huske hvordan jeg egentlig fik idéen til mine fnustaller, pludselig var den der bare. Hvad? Jo, men det var jo bare noget jeg sagde. Du ville jo ikke give mig noget, vel? Puha, pludselig kommer jeg til at tænke på flæskesteg. Nå, hovedet er noget underligt noget at have. Tror du det? De virker da begge to temmelig kvikke. Men det er godt nok underligt, at Hivervejr piver et eller andet, og så er det Næsen siger hun siger, edderlangt. Det undrer jeg mig også over. Hvorfor jeg tænder et til stearinlys? Nåeh, jeg fik bare lyst til lidt ekstra hygge. Ja, det indrømmer jeg, jeg blev godt nok sur over at blive stemt ned på den måde, men Gitzerinaen var jo ikke til at stikke i. Nejnej, det var ikke ment på den måde, tag det roligt Dukke-Lars, det er jo bare noget man siger. Så, så. Haha, ja, de er skøre de drenge, tænk at spise så meget dej, men sådan er de fyre Kasper hænger ud med: tossede typer. De bliver ved med at snakke om båthare, som om det skulle være det største mål man kan nå. Fjolser. Nål? Nej, ikke lige i nærheden. Om der mangler en pind? Nej, det mener jeg ikke der gør, men jeg kan da godt lige se efter. Om jeg har kissemisset med nogen? Det er da noget mærkeligt noget at spørge om, jeg er slet ikke gammel nok til den slags. Nej, men hun var jo ældre nok til, at det er nemt at tro på. Ondt? Ikke spor, hun har så meget fortjent det. Skolen er totalt bedre uden hende. Ahr, mon? Det glemmer hun nok, når hun er blevet voksen. Der er i hvert fald mange ting, jeg ikke kan huske allerede. Jamen, Dukke-Lars tror du ikke, at du husker forkert? Uha, sikke mange ting du kan komme i tanker om. Kan du ikke i stedet være glad over hvor meget du har hjulpet mig søde ven, du er så god til at komme på ting. Se bare hvor jeg fik motiveret Elmo til at koncentrere sig, selvom det ikke rigtig giver nogen resultater endnu. Det skal vi også have gjort noget ved, for jeg kan høre hvordan gurrelanten vokser, og det må den ikke! Mærkelig lugt? Jeg kan ikke lugte noget, men nu bliver jeg altså nødt til at koncentrere dig om at give Former-Finn noget andet at tænke på end at forbyde mine fnustaller. Og det kunne være rart om du, nu vi alligevel er i gang, fandt på noget der kunne lukke munden på Beatrice og

det særnummer hun fabler om, for det skal hun ikke have lov
til! Ikke! Have! Lov! TIL!

Og så begynder Lydias værelse at lugte af smeltet plastik. Lidt
senere: - Hvis du bliver ved med at skrige på den måde, så
skærer jeg munden af dig! Pjat, det gør mere ondt på mig end
på dig: Se selv: Jeg er lige ved at græde.

Alle piger har et spejl. Lidt senere stiller Lydia sig ved sit, tager
skråposen hun lige har strikket over hovedet, og placerer
Dukke-Lars i den. Hun vender og drejer sig, og studerer sit
spejlbillede. Jo, den ligger godt ved hendes hofte, og det ser
også fint ud, når han hviler mod lænden. Den har hun gjort
godt. Sådan: Lige tage fat, og så er du fremme på maven, og så
kan jeg knispe dig på hovedet, eller ae, så man kan se at jeg
kan finde på at knipse og få rygter så store som Prølhøj at kaste
på folk.

Hun sætter sig ved spejlet, og giver sig til at se den Lydia, hun
kender så godt fra mange og lange hårbørstninger, dybt i
øjnene. Da er det, som om et sort møl hopper fra det ene øje til
det andet.
   - Var der noget? Snakker du til mig? siger Lydia til sig selv,
trækker posen lynhurtigt frem, og en angst flyver som et
modbydeligt insekt op fra maven og lige i halsen, så hun er ved
at kløjs, og præcis da hun skal til at vende sig væk i skræk,
vrikker et rygte sig frem, så stort, at alt i hende fyldes med
lamslået gnæg og hysterisk iver. Hun synker noget, og stryger

håret tilbage med begge hænder i en 'det er ikke rigtigt!' gestus.

Nu er det sikkert: Hun er ikke bare god til at rygte, nej hun er et monster, og det fylder hende med mørk glæde, som kobber og kul. Nu kan de bare vente sig!

KAPITEL 17

Det er lige før at Lillevangskolen hopper af sit fundament i bar iver. Et rygte spreder sig som hundepotemudder over nyvaskede gulve. Mellem 3. og 4. time hører Lydia det også. Hun står alene i skolegården, og ligner et kastanietræ, der er så meget på nippet til at springe ud. Her cirkulerer små klaser drenge. De slikker på klatrestativets jern, og håndtagene til gårdtoiletterne, og andre indgange, og en af dem har lige slikket på vandposten, og nu kommer han stæsende mod Lydia.
 - Nå, hej Kasper. Hvad i alverden er det I laver? spørger hun, men hendes ord er tomme lyde. Hun venter på noget andet. Han ser ud som om han også vil slikke på hende, så hun skubber ham væk, og træder samtidig et skridt tilbage.
 - Vi har lige slikket på alle gelænderne i hele skolen.
 - Hvorfor, Kasper? Hvorfor?
 - Vi vil se om vi kan få Vedlevsyge. Ej, Nellemose har endda slikket på et toiletbræt, griner Kasper, og peger over mod gårdtoiletterne. Et udtryk af dyb væmmelse springer ud i Lydias ansigt.

- Men har du ikke hørt det? siger Kasper så ivrigt, at noget savl drukner nogle af hans ord.

- Hørt hvad?

- De siger, at han er blevet taget i at glo på struttenutter uden beholdere i pigernes omklædningsrum!

- Hvem? Ækeld?

- Hv... Nej! Former-Finn. Han har lavet et hul eller noget, og nu skal han fyres, og de er på vej for at hente ham! Er det ikke vildt!

- Jo, det er det vel, siger Lydia, og studerer sine negle, mens Kasper siger en hel masse, indtil han opdager, at hun slet ikke er sjov at fortælle noget.

- Sig mig, hallo, hvorfor er du sådan?

- Hvordan?

- Ja, helt ligeglad.

- Åh, Kasper, men det er jeg bestemt ikke. Ikke det mindste. Det er bare, at de der rygter ikke altid er så rigtige, siger hun med den helt rigtige skeptiske mine. Kasper tager et langt skridt mod Lydia, og stikker ansigtet helt op i hendes.

- Men det er det her, Lydia. Jeg har aldrig hørt noget så rigtigt nogensinde. De siger, at hans ansigt ligner en slidt arkitektlampe, og at han er overmeldt med sygeanstrengelse, og det gør de kun, når de er SKYLDIGE! Det er sikkert også hårdt at glo på struttenutter. Ih, det er lige sådan noget FF kunne finde på, næsten hvisker han fortroligt og samtidig heftigt. Drengene i hjørnet hujer og vinker og råber efter Kasper:

- Kom nu Erritslev, du kan altid kissemisse med din dame en anden dag, hvilket på sær vis kalder rødme til hans kinder. Han træder straks et skridt bagud, og bliver til en lang streng, der hæfter sig til slænget. Et øjeblik går, mens han kigger på Lydia med et forvirret udtryk. Så bliver kaldet for stærkt, og i ét nu er han væk, som når man slipper en strakt elastik.

Lydia stirrer på sine hænder. De dirrer. Men det er ikke dem som laver rygterne: Det gør hendes hoved. Hun må jo være et slags geni! Flere pulserende brus af lykke fylder hende fra skelet til hud. Hun forsøger at tøjle et vildt smil, der truer med at flække hendes ansigt fra øre til øre, så det falder sammen til en højlydt og endeløs latter.

Som om det ikke er nok, stiger et nyt rygte senere op på skoledagens himmel, så forfærdeligt, at det med det samme bliver et regulært gys, som vokser, indtil det kan skue ud over hele byen: ned til grillen og tankstationen og det skæve kryds. Det kan se alle markerne, og skoven, der kryber helt op til Lillevang, hvor den står og ånder byen ind i øret, som en matematiklærer der med rovøjne glor på dit regnestykke fyldt med forkerte tal, og over til Rundtorvet, som venter på at årets højhyggetræ skal ankomme og iklædes lys, så det kan stråle ud over forretningerne og brostenene og december, når den altså kommer.

Midt i tidens gang siger nogen, at de siger, at de har hørt at op til to med egne øjne har set Lydia Wengen VADE lige gennem skolegården og IND i den cirkel af elevtomhed som Tynde og dem altid skaber, ligegyldig hvor de opholder sig, for selv snotmaskinerne ved, at Tynderne er et gigantisk og bragende sommerbål man ikke kan komme nær uden at brænde sig slemt, og mens hun passerer dem så tæt, som ingen andre aldrig før har turdet, NIKKER Lydia Wengen til Tynde i skolegården, som om de KENDER hinanden, og alle forstår, at ingen bare finder på at sige sådan noget, hvis ikke det er sandt, og at så forfærdeligt et rygte kun kan være rigtigt, og derfor er der nu hele TO tabulter man skal være på vagt overfor, udover alle de andre skrækker som fylder en barndom, og flere af de der ellers forlængst var holdt op med at tisse om natten uden at huske hverken at vågne eller stå op og ud, må igen til at ligge med gummilagener og lugte lidt surt.

Senere sidder Lydia i klasseværelset, hvor GPG2V, som den eneste gangpyntergruppe nogensinde, er i færd med at skabe historie på Lillevangskolen, og hun kan mærke de andres beundrende blikke som bunker af babybløde striktrøjer der lander på hende, og selv Karinaen smiler. Lydia vipper på stolen, og hendes støvlehæle hviler på bordet. Det er perfekt at sidde sådan. Intet gør ondt eller niver. Næsen holder sine kommentarer for sig selv, og Hivervejr kan man næsten ikke høre trække vejret. Det eneste pigerne gør, er at vente i strålende og tålmodig længsel på tiden med fnustallerne, og de bliver så flotte kan I tro og de andre gange bliver så misundelige, og næste år vil alle gange på hele Lillevangskolen, og sikkert også andre skoler, lave fnugkrystaller, og jeg er sikker på de også kommer til at hænge i kirker og kontorer, og folk næh'er og uh'er og vil også selv have sådan nogle i deres huse, og hun ser hvordan de andre nikker og smiler og er lykkelige over at være under fast styring af så visionær en leder, og ikke en Regitze der bare er tom og dum for idéer. Da rømmer Næsen sig, og spørger, og det eneste Lydia hører er spæde mæh-lyde fra uldtottelam, der springer solmættede fra tue til tue.

- Lydia?

- Ja, Næsen, svarer hun veltilfreds.

- Det er bare fordi, se lige hvad Hivervejr har lavet, siger Næsen, og viser noget tåget papirhimstregims frem, som Lydia ikke hæfter sig ved, fordi hendes egen lykke er for stor.

- Mmm... mumler hun, og strækker sig, men kroppen er stadig i absolut balance, og alt er så vel så vel.

- Det er vældig nemt at lave, og det er ikke gurrelante. Se, vi har allerede en hel bunke, fordi det er så sjovt.

- Og flot! brummer Karina.

Lykke er når noget lykkes, og ulykke er når det går i stykker. Lydia vågner så brat, at pastelfarverne og alle de gode dufte og især freden, ikke når at komme væk i tide, men bliver mast under hendes fulde opmærksomhed, der nu retter sig mod papirhimstregimsen Næsen rækker frem mod hende, men hun glemmer, at hun befinder sig i en position, som kun det erfarne flabede uroelement mestrer, og stolens bagerste ben skrider væk under hende, og hun lander hårdt på gulvet.

- Hvad!? råber hun i stedet for av.

- Se! viser Næsen. Lydia kommer på knæ, og stirrer på det fremviste:

- Det er jo ikke et fnugkrystal!

- Nej, det er noget som Hivervejr har fundet på. Se hvor fint det er, siger Næsen, og vender og drejer konstruktionen, og de andre bader den i deres blikkes begejstrede og beundrende lys.

Oprør! Bønder med høtyve! Flammer i natten. Gulletiner og rullende hoveder. Støvletramp i gaderne. Uden at hun har bemærket det, er skråposen med Dukke-Lars vandret om på hoften, og hun har fat i hans hoved. Hun rejser sig tyranhøjt over dem. De andre ser glade mod hende, fyldte af deres fælles begejstring over den ubetydelige papirtaberting som Hivervejr har fremtryllet af sine lede lunger og dumme fantasi, og Lydia trækker rasende i dukken, for nu skal hun den ondelyneme trusle dem allesammen helt ind i februar. Men da er det som når kæden pludselig sætter sig fast, uanset hvor hårdt hun træder. Hun vælter, og da hun ligger der, lyder Bestemmelsen:
- Nej.
- Giv slip! Jeg skal tvære dem ud. Hvad bilder de sig ind!?
- Sikke kræfter. Hvilket raseri. Men spildt, hvis ikke du forstår at rette det mod den rette.
- Hvad mener du?
- Bliver dine fnugkrystaller måske færdige, hvis du ødelægger de som skal hjælpe dig med at lave dem, når proppen i processen sidder et helt andet sted? vil Bestemmelsen vide, og hun ved straks hvad B mener.
- Elmo. Elmo! siger hun mørkt som en tordensky.
- Nemlig. Lad dem tro, at du er med dem. Sig du synes det vel nok er en dejlig idé, og at du glæder dig til at I kan stille de

to forslag op mod hinanden, når du meget snart og lige om lidt, giver dem den endelige, konklusive og fyldestgørende gøretegning.

- Men det er jeg jo ikke sikker på jeg kan?

- Igen denne tvivl. En hersker er fast, især overfor sig selv. Nogle gange må man give slip for at kunne tage fat. Udslet tvivlen, løft din tro til sandhedens højder, og hersk, Lydia, hersk!

De andres blikke er lige ved, men ikke helt, at miste lyset, der flakker lidt, for hvad er det for noget med den pose og en hærget dukke? Og hvorfor ligner hun en der lige er væltet på cykel op ad en smattet bakke, men inden skæret kvæles, når Lydia, så blødt som damerne taler babysprog til nyfødte, at sige det som Bestemmelsen har sagt, at hun skal.

- Det bliver spændende at se de to forslag stillet op overfor hinanden, konkluderer hun smilende, mens hun græder rasende indeni.

- Det er jo ikke for at sabotere dine fnugkrystaller, men vi er bare urolige, for vi er næsten den eneste gang som ikke har noget klar til at hænge op. Og det her er i hvert fald ikke gurrelante.

- Jaja, det forstår jeg sagtens, siger Lydia venligt og medgørligt, mens hun lader tonstunge plader med lange spidse pigge falde og falde over Næsen og Hivervejr og Karina. Hun foreslår, at de siger tak for i dag:

- Gå bare, jeg skal nok rydde op, og så tager vi rigtig fat næste gang, og laver den bedste pynt på skolen! og Næsen siger, sådan som en voksen dame, der ikke vil vække en baby der lige er faldet i søvn efter at have skreget i to timer:

- Det tager du velnok rigtig flot, Lydia, og Hivervejr nikker, og så er Lydia alene med bordene og papiret og klippeklistretingene og alt det alt for lidt hun bestemmer. Tænk at hun ikke bare kan mosle dem, og mase dem, og udslette dem, og sy deres munde sammen med ledning og stivne dem og sænke dem ned i våd beton, så de kan ligge der og gurgle.

KAPITEL 18

Skiltet på væggen siger SKOLETANDLÆGE under en tegning af en vældig glad tand, selvom alle ved, at intet morsomt foregår bag døren. Elmo sidder blegt på en bænk, og ligner en der har ondt. Lydia smider sig nærmest ind i ham, så han er ved at vælte.

- Hovhov! udbryder han. Hun skal til at sige noget, men det kommer ud helt anderledes end hun har tænkt:

- Er det sikkert, Elmo?

- Hvad?

- Er det sikkert? vedbliver hun, og bliver forskrækket over sine egne ord. Hun ved hvad hun vil sige, og hun er ret sikker på at det er det hun får munden til at forme, og det er i hvert fald ikke *Er det sikkert?* Det har hun aldrig prøvet før, og det er ikke sjovt.

- Jeg forstår ikke hvad du mener? Hvad er sikkert? spørger

Elmo, og et øjeblik hiver hun i en skuffe, der ikke vil op, og pludselig giver den slip, og det ramler ud med rabalder og bestik.

- Hvorfor er du ikke færdig? nærmest gisper hun. Han betragter hende køligt.

- Jeg gider godt se dig finde den, der kan lave en fornuftig konstruktionsvejledning baseret på det rod du har afleveret, Lydia, siger han, og tager sig til kinden, og så sidder de og er to kerner i en umoden citron, indtil Lydia læner sig ind over ham, og spørger dæmpet:

- Hvad sagde du?

- Jeg siger, at det ikke er så enkelt, Lydia, brummer han.

- Man skulle ellers tro, at du har haft god tid til at løse mit problem, nu hvor du ikke længere skal bruge kræfter på snuderotten og bladløgneren Beatrice, men arbejdsro er åbenbart ikke incitament nok. Hun lægger hovedet på skrå, som om hun lytter til noget:

- Hvad siger du Dukke-Lars? Ligeglad? Ah, mon dog. Det tænker jeg ikke han tør være. Ja, måske har du ret. Jeg har lagt for meget på Elmo. Han kan nok slet ikke finde ud af at lave sådan en gøretegning, men siger bare ja til det, fordi han er bange for at Beatrice aldrig mere vil have noget med ham at gøre, og simulerer tandpine for at slippe for at bestille noget, og når de voksne kan påstå, at de er overbebyrdede, gør børn det vel også, så det var måske nok en forkert beslutning at bede Elmo om hjælp, det kan jeg godt indrømme, og han er altid så lang tid om at nusse sig færdig, for uha det skal være så grundigt, og så skal jeg stå med det lige nu hvor GPG2V er på nippet til revolte og pludselig Hivervejrs møgpynt.

- Hvad? Hvem er det du snakker med? stønner Elmo.

- Hvad kan man finde på, hvad kan man finde på? messer Lydia teatralsk, trækker strikposen med Dukke-Lars om på hoften, og giver sig til med et par fingre rytmisk at slå den i hovedet. Mens Elmo tydeligvis prøver at jonglere med smerte, forvirring og forklaring siger han:

- Lydia, jeg må protestere. Jeg har ikke gabt over mere end jeg kan bide, jeg kan sagtens gøre mit fnug færdigt. Det er bare tænderne, de gør så ondt, og jeg forstår det ikke!

- Dit!? Du ville overhovedet ikke hjælpe mig til at begynde med. Hvis ikke det var for mig, så havde du slet ikke sådan en smuk opfindelse at skulle finde en gøretegning op til, at du ved det!

- Jamen, jeg siger jo til dig, at det ikke lige er så enkelt, forsvarer Elmo sig, og begynder at rode i parkaen, mens han holder sig for munden med den anden hånd. Noget knitrer, og han fremviser en krøllet tegning.

- Nå, men der er den jo, udbryder Lydia, og snapser papiret ud af hans greb.

- Nej, vent!

- Hvorfor skal der være sådan et bøvl?

- Nejnej, jeg vil jo bare vise dig, hvorfor den ikke er færdig! Lydia! kalder han, men hun er forlængst sprunget op, og lader gangen sluge hende, mens hun studerer papiret. Hendes skridt bliver dog langsommere og langsommere, mens Elmo læner hovedet mod muren, og lukker øjnene, der jamrer i selskab med hans mund. Så kommer Lydia tilbage. Hun bliver stående over ham.

- Hvad er meningen med det her? snerrer hun, og vifter med tegningen. Elmo åbner øjnene, men hovedet har ikke lyst til at læne sig frem.

- Hvad? mumler han.

- Du er jo ikke færdig!

- Det har jeg jo lige sagt, men så tog du den inden jeg kunne nå at forklare!

- Lim? næsten spytter hun.

- Åh mine tænder! Jeg håber det kun er psykosomatisk, klager Elmo.

- Sagde jeg, eller sagde jeg ikke, at fnugkrystallerne ikke skal klipses eller limes eller klisterbåndes? De andre skal ikke ligge og fumle med lim!

- Hvad? Jamen det har du da ikke nævnt noget om, Lydia.

- Vel har jeg så! halvt råber hun, og svirper ham i ansigtet med papiret.

- Av! Nej du har ikke! La' vær! piver Elmo, og værger kraftesløst for sig. Lydia dumser ned på bænken ved siden af ham, så tæt at de rører hinanden. Det er kun kissemissere og snotmaskiner der gør det på Lillevangskolen, medmindre nogen er oppe at slås. Lydia har trukket Dukke-Lars helt frem på maven, og nu knipser hun hårdt til hans hoved, mens hendes øjne brænder som en stormtændstik:

- Nu skal jeg sige dig noget, Elmo Neuwirth: Da du åbenbart er totalt ligeglad med at hjælpe mig, og skyder en hvid pind efter nogensinde at blive venner med Beatrice igen, ja så må vi gribe til helt andre metoder, siger hun skæbnesvangert, og kigger strengt på Elmo, som har travlt med sin kind og smerten.

- Flyt dig lidt. Jeg kan ikke lide du er så tæt på, Lydia.

- Du har sikkert hørt, at jeg er blevet, eller faktisk har æret, eller Tynde har tryglet om at måtte være min ven? siger hun, og vrider dukkens hoved. Elmos blik viser et menneske i stor forvirring. Endnu en smertestreg lægger sig oveni de andre i hans ansigt.

- N-nej! Det har jeg ikke, Lydia. Hvad *er* det for en dukke? Hvorfor har du hende?

- Nå. Men det er jeg, siger hun, og han stirrer forfærdet på det molestrerede dukkehoved.

- Hvad siger du, Dukke-Lars? siger hun, og lytter til plastikhovedet. Hun nikker.

- Nu skal du høre hvad der kommer til at ske, Elmo: Jeg tager en snak med min nye gode ven Tynde.

- T-tynde?

- Ja, og siger, at han skal låne mig Bumse et par timer.

- B-bumse?

- Ja, så han kan tage en lang snak med dig og rigtig motivere dig, for mig lytter du jo ikke til!

- Nej, Lydia det må du ikke!

- Det kan du synes, men som du har fået sagerne til at stå, kan det desværre ikke blive anderledes. Ser du, Elmo, jeg kan ikke tåle at være så bekymret for at mine fnaller ikke formår at fortrænge den lede gurrelante, det kan du nok forstå, siger hun, og flytter sig lidt fra ham.

- Hvad!? braser det blegt ud af Elmos smertefyldte mund.

- Medmindre du har en løsning nu? Nej, det tænkte jeg nok, siger hun, og rejser sig fra bænken.

- Men Lydia, jeg kan ikke tænke, når jeg er bange, du må ikke.

- Jeg er sikker på, at du undervurderer dig selv, Elmo. Jeg stoler helt og aldeles på, at du kan opnå strålende resultater, når bare du er bange NOK! hvæser hun med frygtelige øjne, der blusser af bestemmelse, og derpå stamper hun sig ned ad gangen, der ser ud til at have ondt ved at sluge hende. Elmo følger hende med blikket, og ser en mindre kolonne af elever sjokke efter en lærer, og da Lydia nærmer sig, trækker de alle ind til væggen, selv den voksne, som om Lydia er et farligt dyr på savannen. Endelig er hun ude af syne. Papirets krøllede kanter skærer sig ind i hans håndflade, og Elmo synker tilbage i sine smerter.

Døren til klinikken går op. En em af skræk, bor og kolde instrumenter skyller over ham. En yngre kommer ud med bævende læber og store tårer, der kun venter på at kunne kaste sig ud over kinderne, og eleven snøfter sig op ad gangen uden at se på ham. Elmo stirrer efter den ulykkelige, og det er som om hun bliver slugt af en ond og mørk hekselatter, der vælder frem mellem væggene, og hans fortvivlede blik bliver klippet midt over af den lukkende dør, da han træder ind i klinikken.

KAPITEL 19

Det er en dødstille lygteaften. Frosten brænder langsomt græsset i Lillevangs haver og under Lydias træhytte. I den sidder Kasper, Maria og Lydia. Dybe skygger lister rundt om nogle vajende lys, og sørger hele tiden for at lægge sig delvist over Lydias ansigt.

- Nå men, hej Lydia, siger Maria.

- Hej Maria.

- Hej Lydia.

- Hej Kasper.

Efter det lægger stemmerne sig i små forknytte bunker, og så lister de dybe skygger også rundt om dem.

- Hvordan har du det, Lydia?

- Vi har det godt, tak, Kasper. Hvordan har du det?

- Jo, det. Der. Jo. Fint.

- Maria, tag en glyg. Der er kaokao på kanden.

- Jo. Tak, siger Maria, og rækker hånden frem mod en tallerken som er stablet op med chokoladeglygger, nogenlunde som hvis den var et mørkt hul i en træstamme og helt sikkert fyldt med knive og nåle og lange edderkopper. En pause har ingen problemer med at finde plads mellem dem. Så rømmer Kasper sig.

- Æh, hvad er det med den der? Er du ikke lidt for gammel til at lege med dukker? spørger han, og peger på Dukke-Lars, som Lydia holder i skødet.

- Det er Dukke-Lars. Han er med i aften.

- Ja, det kan jeg se. Hvad er der sket med ham? spørger Kasper, og læner sig frem for bedre at kunne studere dukken.

- Sket?

- Ja, er det ikke brandmærker, de sorte ting der? Og mangler han ikke en arm? Og er det ikke en pigedukke? Så hvorfor hedder hun Lars? vil Kasper vide.

- Hvad er der sket med hans kind, siden der sidder et stort plaster? bemærker Maria.

- Sikke mange spørgsmål I har. Hvorfor skulle der være brandmærker på Dukke-Lars, Kasper?

- Ja, det ved jeg ikke. Jeg siger bare, hvad jeg ser.

- Ja. Tak Kasper, for at du siger, hvad du ser.

- Æh. Det. Var så lidt, Lydia.

- Hvornår kommer Elmo? vil Maria vide.

- Elmo er ikke inviteret. Vi har sat ham på en vigtig særopgavemission, og han må ikke forstyrres, siger Lydia, og smiler, mens hun mekanisk aer resterne af Dukke-Larses hår. Efter det vender stilheden tilbage, men Marias ansigt anstrenger sig for at sige en hel masse til Kasper uden at bruge et eneste ord, og Kaspers ansigt maser med at vise, hvor meget han knokler med at forstå bare en lille smule af det Marias ansigt forsøger at udtrykke, indtil hun med sin egen mund siger:

- Nå, Lydia: Jeg har altså en masse lektier for, så måske du kunne fortælle os, hvad det er som er så vigtigt?

- Ja Maria, Vi kan fortælle, skal vi det?

- Hvis det ikke er for meget?

- Det er ikke for meget, Maria. Og Kasper, vil du også gerne høre, hvad Vi har at sige?

- Jojo, de er ellers gode de glygger, mumler Kasper med munden fuld.

- Det var pænt sagt, Kasper. Vi har helt selv lavet dem.

- Det. Gnask. Muml. Godt fra. Smask.

Lydia lægger sine fingre om halsen på Dukke-Lars og rejser sig, så han dingler fra hendes greb. Et smil, som lyset helst ikke vil have noget med at gøre, har sat sig om hendes mund.

- Kammerater! Vi har samlet jer her i aften, fordi Lydia har set et lys, og i det træder Hun frem, begynder hun, og selv om de sidder i en lille hytte i et æbletræ, gjalder hendes stemme som taler hun ud over en folkemængde. De to andre ser ud, som når matematiklæreren forklarer geometri.

- Tiderne har været strenge, men nu hvor Vi er blevet kaldet til bestemmelsen i GPG2V, forstår Hun sit sande potentiale. Om lidt vrimler det med fnugkrystaller, ikke kun i Vores gang, men i naboerne de samme og over hele skolen, hvor Lydia snart vil sætte sig på inspektørens kontor og blive inspektør i stolen, for hvem siger, at en som Vi ikke skulle kunne kunne det? En ung hjerne har hurtigere tanker end en gammels. Og derfra er der kun korte skridt til borgmesterposten, og så gælder det om at indtage stolen i Vangenhuus, som den første statsmater, og den yngste i verden til at lede et helt land, og forbi Vang og til alle nationer og selv ude i Oprindten vil Lydias fnugkrystaller brede sig, og de skal vaje fra de mange flag, og blive symbolet for en bedre fremtid, hvorfra ingen gurrelante nogensinde kan hænge!

I takt med tiraden, har Lydia strammet grebet om Dukke-Lars, og med et lille smæld hopper hans hoved op af sin fatning, og ruller ud på træhyttens rå gulv, og hen for fødderne af Maria, der først løfter dem som er det en mus. Resten af dukken falder og lander med en lille dump lyd.

Så sænker Maria sine ben, og samler hovedet op. Hun studerer det. Der er nøgne pletter, hvor noget hår er revet ud.
    - Sig mig, har du også boret i ham? spørger Maria, og glor på dukkehovedet. Kasper læner sig over, og siger, at det øje der er i hvert fald blevet brændt ud. Se hvor sort og smeltet det er.
    - Det er ubetydelige tegn på den alvor Vi behandler Vores bestemmelse med, og så har du vist også set nok på Dukke-Lars! snapper Lydia, og tager hovedet ud af hænderne på Maria.
    - Som I ved er Lydia en meget stærk pige, der kan bære mange tunge ting, men når Hun skal løfte både sin genialitetenskab OG bestemmelsen, som er nødt til at være i Hendes hænder for at trives og være andre til bedste, så bliver det selv for Hende lidt meget, hvis Hun konstant og ofte må kigge sig over skulderen, og derfor kammerater, skal I hjælpe Hende, for der er rotter i reden og ugler i lagenet. Ser I, nogen forsøger at undergrave og forhindre den fnugkrystallede fremtid, og derfor skal I hjælpe med at slippe af med misdæderne, også hvis det mod forventning skulle være jer

selvsamme! Det har Vi også metoder til at håndtere. Hun ser for sig hvor smuk fremtiden er, men de findes som prøver at stille sig i vejen for lyset, og de lykkelige tider os der går imod den kan baske i, og vil det gå værst og ilde.

Pause.

- Nå, der blev I stille? siger Lydia triumferende.
    - Ja, det er lidt overvældende, svarer Maria.
    - Det er klart. Det er jo ikke hver dag man står over for den skære genialtetenskab.
    - Men søde Lydia: Du er bare en pige i Lillevang. Du kan da ikke sige hvad hele verden skal gøre!
    - Det undrer Os ikke Maria Larsen, at dit småtblik flakker ved muligteterne af Hendes ord, men er du med Hende, er du ikke imod Hende, og det står sig bedst til den side, at man vender! Lydia står bredt som en hærfører med blikket hængt helt op under pandebrasken, mens hun uden at blinke knuger Dukke-Lars, som har fået sit hoved tilbage, og lader blikket brænde sig ind i fremtiden som en gammel filmskurk.

- Hende? Hvem hende? spørger Kasper med munden fuld af småkage.
    - Hun som er Vi der taler! vrisser Lydia, uden at tage blikket fra tiderne som kommer, fri for sladdertasker, forrædere og alle der ønsker det bedste ilde.

Maria rejser sig.

- Jeg ved ikke hvordan Kasper har det, men sidst jeg så efter skal jeg ikke noget som helst du siger Lydia, og slet ikke hjælpe dig med at opføre dig fuldstændig mærkeligt og tro du kan bestemme alting. Jeg bryder mig ikke om, at det ikke skal være til at gå at glæde sig til højhyggen under en sædvanlig gurrelante, og jeg kan især ikke lide, at du ødelægger Elmo med dine dumme fnug, så jeg er IMOD dig, Lydia!

- Det er hver gang Vi skal noget sjovt og godt, så er både det ene og især det andet i vejen. Jamen, så gå Maria. Find et andet sted henne at være på tværs, for her går Vi den vej! siger Lydia, og peger i den retning hun mener fremtiden og fnugkrystallerne befinder sig.

- Det har jeg også tænkt mig. Kom så Kasper! siger Maria, og strækker bydende hånden frem, men Kasper bliver siddende.

- Jo, men har du ikke hørt at Lydia er blevet venner med Tynde? halvt hvisker han.

- Tihi, sikke da noget pladder at sige. Ingen er venner med Tynde, fniser Maria og ryster på hovedet, sådan som en voksen gør af et fjollet barn, der egentlig er sødt nok, men nu må hun tage et skridt tilbage, for Lydia er trådt helt op til hende.

- Kasper har fat i en ende af det rette: Hvis du siger noget, bliver Lydia desværre nødt til at tage en snak med Hendes gode ven Tynde, om dig, Maria, siger hun, og det er godt at ingen af dem er specielt nærsynede, for så ville øjenæblerne godt nok blive ømme.

- Ja, det er fint. Du er fuld af fup, er du!

- Nej! Det er ikke fup, udbryder Kasper, der betragter Lydia med store runde øjne.

- Din fantasi løber af med dig. Selvfølgelig er hun ikke venner med Tynde eller nogen, hun er dårligt nok venner med os! Det er bare nogle vilde rygter hun selv har pustet op, og det eneste hun er, er dum at høre på, og nu vil jeg hjem! Kom så, Kasper: Vi går! siger Maria, og prøver at skubbe Lydia til side, men kan ikke komme forbi.

- Så jeg er dum, er jeg? Prøv at gå mig imod Maria, så skal du se hvad der sker! snerrer Lydia, men Maria åbner munden, og sender ord af jern lige ind i Lydias ansigt:

- Jeg er imod dig for din egen skyld, Lydia! Du kan slet ikke tåle at tro du skal bestemme så meget, og finder på alt mulig løgn, og du er blevet helt led og sort i huden, og aner ikke hvordan du er kommet til at lyde, og det værste er at du ødelægger Elmo. Du er godt nok ikke rar længere! Flyt dig!

- Maria Larsen: Er det DIG der har sladret til Former-Finn? raser Lydia, og retter en strittende og dirrende pegefinger som en måneraket mod Maria, der trodsigt læner sig frem, og siger strengt:

- Jeg har kun én ting at sige dig, dårlige ven: I sandhedens spand vejer løgnen ingenting, Lydia Wengen!

- Så skrid med dig, dumme Maria! spytter Lydia, træder tilside og viser retningen på døren til hytten.

- Med fornøjelse. Kasper? Skal du med eller hvad?

- Men hun er jo venner med Tynde! jamrer Kasper.

- Hvor er du en fej dreng, Kasper Erritslev! siger Maria, og skal til at åbne døren, midt i Kaspers vage protester, da hun vender sig, og siger skæbnesvangert:

- Jeg tror, det er på tide, at nogen får en snak med inspektøren om hvad det er der foregår i den gangpyntergruppe, og i dig Lydia, for du er syg! næsten spytter hun, og retter en anklagende og dirrende finger mod Lydia. Kasper er ved at kløjs.

- Vil du SLADRE!? Til inspektøren!? Er du vanvittig?

- Måske. Nu må vi se. Ikke, Lydia?

Lidt senere står Maria udenfor Lydias have. Den retfærdige harme dirrer i hende, mens hun ser op på den dæmpede glød fra hytten. Hun ryster på hovedet, og mumler:

- Den er helt gal! og hun taler lige så meget til sig selv. Tænk at hun har truet med at sladre til inspektøren. Det er som om november har åbnet sin mund på vid gab, og prøver at suge hende ind i al dens regn og mudder og triste timer. At sladre, eller ikke at sladre, det er spørgsmålet.

KAPITEL 20

Morgenen folder sig ud, som når man kommer til at bide i et stykke hvinende staniol. Himlen er malet over med et tykt mørkegråt lag, der hjælper med at skåne solen, som har været ude at bumle, og ikke skal have så meget dag i øjnene. En stille regn breder sig, som en alt for tyk mand på et bussæde, og ser ud til at have hele dagen.

Maria bruger det første frikvarter til at lede efter Kasper. Det viser sig, at han befinder sig udenfor børnehavens trådhegn sammen med nogle af de drenge han plejer at gå med.

- Kasper!? Jeg har ledt efter dig over det hele, siger hun, og griber fat i ham.

- Shh! Du skal være stille. Vi skal have den cykel ud, så vi kan komme til at båthare! siger Kasper lavmælt, og peger på en skrammetrød trehjuler, der bag hegnet kan ses halvt oppe på en lille bakke delvis skjult bag en busk. En listende dreng sniger sig i små zigzaggende fremskud mod den. I det samme kommer en lille pige løbende i gul flyverdragt. Hun græder, og er grå i hovedet. I hælene på hende synger en håndfuld rollinger: *Pia spiser snot-ter, Pia spiser snot-ter!* og drengen indenfor bliver helt stille, mens slænget stivner. Heldigvis løber børnene videre. Øjeblikket efter er indsatsdrengen tilbage med den pivende trehjulede cykel.

- Har du husket at lukke lågen? spørger en.

- Kunne du ikke have båret den? vil en anden vide.

- Ja, den larmer ad pommern til! erklærer en tredie.

- Den er sguda tung, prøv selv, og så løfter de på den, indtil nogen minder om, at de på alle måder kan ses både fra børnehaven, men især af Ækeld hvis han kommer rendende, så flokken sætter i løb bærende den trehjulede mellem dem, og cyklens pedaler og styr og andre ubehagelige kanter giver sig fornøjede til at slå og skrabe hvor de nu kan komme til, for drengekød er der nok af. Maria følger efter i en sær løbestil.

- Du mente ikke det med inspektøren, vel? stønner Kasper.

- Det ved jeg ikke, måske, men det er ikke vigtigt lige nu: Du skal hjælpe mig med at finde Elmo. Jeg tror, at der er noget helt i vejen med ham. Det er ikke en sund dreng. Lydia ødelægger ham.

- Tror? stønner Kasper forpustet, og får et styr i maven.

- Det en en følelse jeg har, siger Maria, og hendes ord hopper i samme takt som hendes medløb.

- Men er det noget du ved?

- Ja, for jeg føler det jo! En af drengene tysser skarpt på dem.

- Æj, det kan jo slet ikke lade sig gøre Maria. Lydia er venner med Tynde og dem. Tænk hvad der sker, hvis hun får at vide, at jeg er kommet imellem hendes fnug og ham, siger han åndeløst, og så drejer drengene brat af, og Maria standser.

- Kasper!? Hun lyver jo! råber hun.

- Jeg ikke tid! Vi båthare inden opdager cyklen væk! svarer han fjernt, og hun sparker surt til en lille bunke våde visne blade, og vrisser:

- Drenge! I duer ikke til andet end at tisse navne i sneen!

Lidt senere støder Maria på Beatrice Bender.

- Hej Beatrice. Har du set Elmo?

- Hvem?

- Ja, Elmo, ham du plejer at snakke med.

- Jeg kender ingen Elmo, svarer Beatrice.

- Jo du gør da! Ham med parkaen og alle ordene.

- Jeg ved ikke, hvem det er du taler om. Jeg har aldrig hørt om nogen Elmo, eller overhovedet talt med nogen med det navn, og hvis du finder ham, kan du sige, at han er en ussel charlatan!

Klokken ringer, råber sit: "Nu er reglen om at man skal ind at sidde i sin klasse i effekt!" og hvis ikke man kendte den regel som nogen har fundet på og klistret til lyden, ville klokken bare være en metaldims som larmer indtil den holder op, men selv de voksne adlyder dens signal, og de betaler også skat og kører i den rigtige side af vejen og lader for det meste være med at kissemisse med naboen, og en syndflod af andre ting som alle tager for givet, men, som hvis man siger det samme ord mange gange i træk, fuldstændig mister sin mening, om man graver sig helt dybt ned i hvad det egentlig betyder, så det er er der ingen der gør, og nu sniger Maria sig rundt som en forbryder, udenfor klokkens krav, og iboende "der vanker straf hvis ikke du lystrer noget fuldstændig usynligt", selv i fremmede gange, hvor ingen kan vide hvad man støder på, for det er vigtigere at finde stakkels Elmo end at sidde og stave til lange ord på vangsk. Lige da hun er mellem tanker, hører hun en lyd, og det er en voksen, og det er en pedel, og det er Ækeld, for på en skole findes enkelte skyggepersoner som har lov at færdes frit og udenfor klokkens tyranni, hvis altså de kan gøre det stille og uden at forstyrre undervisningen, og det eneste hun sanser, er at dykke ind i biblo, som er det nærmeste tilflugtssted.

Et gyldent og venligt lys af viden falder blødt over skolebibliotekets lange reoler og uendelige hylder, der lugter af virkelig mange stille sætninger, som klynger sig til deres sider og ængsteligt venter på om nogen læser dem, og synes at de er dumme og lange og kedelige og alt for indskudte. Hist og her vokser søvnige og storbladede grønne planter i trætte krukker, og alting lugter af papir. Bordet, der danner skranke, er tomt for bibliotekar, og så får Maria øje på noget bekendt.

- Ej godt jeg fandt dig! udbryder hun glad, da hun nærmer sig Elmos umiskendelige parkaryg, som er bøjet over et rundt bord fyldt med opslåede bøger i et afsides hjørne bag en plante.

- Jeg har været så bekymret for dig Elmo, siger hun, og lægger en hånd på hans skulder. Han vender sig brat, og det giver et sæt i Maria. Et jaget blik har sat sig over hans hule kinder, der ser ud som om de kan brase sammen hvert øjeblik det skal være. Det ene øje springer uregelmæssigt i trækninger, som om det er bange for at falde ned, eller hele tiden har et mareridt. Han er hvid som asken i en iskold kakkelovn.

- Åhnej! udbryder Maria, og holder sine hænder op for munden. Foran Elmo ligger et krøllet stykke papir fyldt med streger og tal, og han rokker nogle centimeter frem og tilbage, som de der tror rigtig meget i Oprindten har for vane.

- Skal du ikke ud af din frakke, Elmo? spørger Maria forsigtigt, som om han er stablet op af den aske hans ansigt har taget farve efter.

- Nej! Jeg mener, nej tak. Og det er en parka. Jeg tænker så godt med den på, siger han, og fregnerne prøver at vende sig, så de ikke skal være medvirkende til den påstand.

- Men søde Elmo dog! udbryder hun, og kan se at han kun er et blink fra at bryde ud i gråd. Hun sætter sig ved siden af ham. Hans rystende hænder slår kraftesløse og forkerte streger på sin konstruktionsvejledning, og det fortæller han hende at de er, men lidt efter lidt piver han sig tom for alt det stygge han er bange for og ked af. Maria lægger en hånd over hans, men han trækker den straks til sig.

- Elmo, du må holde op med at hjælpe Lydia med det der, det er ikke godt for dig.

- Jomen, jeg skal jo, ellers...

- Nej, Elmo, hun lyver. Det er løgn. Lydia er ikke venner med Tynde, det er bare et rygte hun har fundet på for at have krammet over dig.

- På mig.

- Elmo! Hun er IKKE venner med Tynde eller nogen. Det er LØGN Elmo, så få det dog ind i hovedet! Hun udnytter dig.

- Nejnej, de kommer og tager mig, og Bumse, skrækkelige Bumse, han er den værste, og Elmo fortæller, hvordan de siger at Tykke holder en, og så trykker Bumse en af sine uhyggelige filipenser ud på munden af en, og det ved han er rigtigt, for han har selv prøvet det!

Der findes langsom frygt, og hurtig frygt, og den kan være store øde rækker af skræk, eller vidder af grå nerver, eller dybe snævre huller, som er så sorte af angst, at de suger al opmærksomhed til sig, og åbner både børns og voksnes øjne om natten, der aldrig er halvt så mørk som skrækken i dybet, for det er fremtiden som kalder, og ingen kender den førend tiden er inde, og da er den allerede omme, og gemmer sig bagved det sketes tykke hinde af forkalket hukommelse og ønsketænkning, og frygten er spidspidse frø, der spirer stort og vildt, hvis ikke man luger, og luger hårdt og luger hurtigt, og den gode skrækavler ved hvor de frø skal sættes, for at bestemmelsen kan sætte sig på tilværelsens væmmeligste stængler. Det er også sandt, at når himlen er spændt nok, kan der opstå en gnist mellem den og jorden, der ligger stille og ikke har gjort noget, og det kan også forekomme mellem rygte og sandhed.

- Så er det nok! udbryder Maria, og i det samme tager hun Elmo ved øret, sådan som Sgu-Jytte plejer, og under hans mulmede protester marcherer hun ham ud på gangene.
    - Nu skal jeg den onde Zarmasan sætte skabet på ordenen og respekt! siger Maria, og knytter begge næver.

Lidt efter går en sorthåret pige rundt med en parka og dreng på slæb, og kalder i gangene:
    - Favl! Favl Welterkraffl, vis dit ansigt! kræver hun, og til at begynde med holder dørene til klasseværelserne vejret, og vil ikke åbne sig, men lidt efter lidt begynder blikke at finde vej ud af sprækker og håndtag bevæger sig og små stykker ængstelige og forvirrede stemmer smutter ud, for pigen i gangen udenfor klokkens rækkevidde er åbenlyst mistebær i hovedet: Hvilket barn med omløb og fornuft vil da nogensinde påkalde Tyndernes overherre?

Elmo stritter imod, men Maria har fået kæmpe fingerkræfter, og ænser ikke hans modstand.
    - Nejnej, Maria, du må ikke. Jeg har engang hørt om nogen der siger, at de har set Tynde putte en hel rigtig og levende vespula vulgaris i munden, og råbt til den at den bare kunne

stikke ham, for han var helt ligeglad! Maria, de siger, at Tynde kender nogle der er endnu værre end ham et sted ude i verden!

- Favl Welterkraffl, kan du SÅ komme ud! råber hun, og nu stikker endda lærere deres voksenfjæs ud af klasseværelserne, hvor man kan glimte elevernes måbende ansigtsrækker, men ingen forsøger at stoppe hende, det må inspektøren nok hellere ordne, fremfor at de selv skulle stikke næsen i noget som har med Tynde og pageklippet at gøre. Da Maria og Elmo drejer om et hjørne, glider Tynde frem fra en hvid Upsiautomat, og bag ham breder Bumse og Tykke sig ud som vingerne på Zarmasans sorte albatrosser. Maria kan ikke komme videre. Parkaen synker sammen pa gulvet.

Udenfor alt dette er skolegården tom. Det regner. Lydia står i læ, og skuer mildt men overlegent ud over den våde asfalt. Hun venter på dagens andet frikvarter, så hun kan få syn for sagn for hendes ufattelige bestemmelses styrke. Der kommer en voksen, og hun løfter dovent hånden, der ikke gider pege, som om den kan mane kød til sten, mod personen, og se: Nu er mennesket rygtet helt i stykker, og bliver aldrig det samme. Hun lader et langt smil smyge sig om læberne, som en svalende brise over en hed sommerstrand, og ved hendes hofte kan hun mærke Dukke-Larses trygge truekrop. Hun nyder fraværet af særnummer, som hendes genialitetenskab af et rygte har gjort umuligt for dumme Beastær at udgive. Måske hun kan få lov at skrive prisskilte hos købmand Mørling. Uhm, det var en dejlig tanke, så hun tager en ekstra dyb vejrtrækning, holder lidt tilbage, og giver så slip, og i udåndningen har selvtilfredsheden inviteret sig selv på the og udklædning.

Lydia giver sig til at smånynne på en højhyggemelodi. Nogle ord finder vej, som aldrig har stået i sådan en sang: Modstand er nytteløs, mmmm, modstand er nytteløs synger hun inde i sin hals, og det er vanille på sjælen. Men livet holder aldrig pause, og finder altid på noget man skal forholde sig til, selv de som holder sig indendøre og får alle deres varer bragt og ikke følger med i nyhederne, og ikke taler med nogen, slipper ikke for pludselig at skulle forholde sig til noget, de ikke kan få til at gå væk bare ved at blive siddende på en stol.

På gangen inde i skolen står Maria overfor dens værste plageånd.
- Her er jeg. Hva' er det du vil? spørger Tynde med den stemme, der lyder som om alting rager ham en plastikgås, og mangt en voksen har lært at frygte, og som dagligt får elever til at småtisse eller det der er værre i bukserne, selv når Tynde og dem pjækker. I det samme ringer det ud, og som refleks springer dørene op, og klasseværelserne støder timetrætte elever fra sig i store uregerlige bunker, men meget snart strømmer alle i den samme retning, for det som kastes rundt nu er ikke et rygte, men den skinbarlige virkelighed, og det kan man ikke gå glip af at opvære, og de hurtigste får det hele med, og det er sandheden, at pageklippet, som nogen siger er hende der Maria Larsen, står lige overfor de tre Tyndere, og bag hende ligger en parka med en dreng i sig, og han gisper og hyler, som om han igen og igen bliver dykket i alt for koldt

vand, så ham regner ingen med, for alle kan se at han i hvert fald ikke skal nyde noget af noget, hvis det er til at undgå.

Maria peger lige på den ældre og frygtelige tabult:

- Er du, eller er du ikke venner med Lydia Wengen? spørger hun anklagende, og hendes finger stikker to peg ud i takt med stavelserne i Lydias efternavn. Tyndes frygtelige venstre øjenbryn kravler op til det sted på panden, hvor alle ved, at når det sidder der, har man sagt eller gjort noget, som vækker det vammeligste i ham, og hvis han kommer til en konklusion om hvad det er man har gjort, som næsten altid kun kan være forkert, sker noget forfærdeligt, som kun ingen har fortalt om siden. Der bliver omgående fuldstændig stille på hele skolen, selv ovre i børnehaven stopper snotmaskinerabalderet straks. Bagefter siger de, at en gynge med to børn frøs midt i luften.

- Hvem? hvisker Tynde. Bumse knækker en finger. Tykke slår en bøvs, og klapper sig på maven.

- Hun påstår, at I er venner!

- Jeg forstår overhovedet ikke hvad du snakker om, pattetøs. Jeg har ingen venner, og jeg vil ikke have nogen venner. Venner og piger er skrald og til besvær, men hvad jeg har, er travlt med at blive fri for at høre på dig. Flyt dig! Maria skal til at sige noget mere, men Tykke og Bumse er trådt frem og skubber hende til side, som når sneploven rydder vejen op til Vedlev, og faktisk falder Maria ovenpå Elmo, og de tre store drenge forsvinder. Alle tilskuerne ser forbløffede på Maria, for hun er slet ikke blodig og forslået, eller ser ud til at lide voldsomme psykiske men. Næ, hun ligger og griner. Det er i sandhed en mærkelig tid.

- Der kan du se hvad jeg sagde Elmo! siger hun, rejser sig og peger rundt på de tilstedeværende: - Og I er mine sandhedsvidner! Lydia Wengen er IKKE venner med Tynde. Det er løgn. Hun er ikke en tabult! Alt hvad hun siger er LØGN! og tilskuerne tager sandheden, æder den råt, og den smager som vandmelon om sommeren, og de nikker, og lige i dét øjeblik er den næsten lige så god som et rygte, og har I hørt snakken flyder til at begynde med over som drengetis i et tilstoppet gårdtoilet, men hurtigt kølnes sandheden om rygtet og bliver til den langsomtflydende træge sirup den plejer at være, jo længere fra arnestedet den kommer, og bliver lige så stiv og langsom som blodet i en cykelrytter på Tourpo. Når noget løber trægt, er det let offer for tvivlen, der stiller sig i vejen med "ahr, kan det nu også være rigtigt?" og når noget måske ikke er sandt, er det sikkert falsk, og så letter løgnen på ryggen af rygtet, som er en racerfugl, og under den må sandheden kravle som en halveret orm, og stirre kraftesløst op på usandhedens vilde vingeslag.

Alt det ved Maria intet om. Hun er bare glad over at kunne hjælpe sin ven Elmo. Hun vender sig mod ham. Men hvor der skulle være parka og lettet dreng, findes kun tom linoleum og gangfarve. Hvor er han?
    - Elmo! Elmo!? Kan du se hvad jeg sagde? Elmo, hvor er du?

KAPITEL 21

Det har ringet ud. Skolegården fyldes af overlevende fra dagens første time, og alle prøver at løbe og skrige og lege og slås den stive lærdom ud af sig, så der igen kan være plads til det egentlige, og sådan er en skolegang fyldt med ebbe og flod, og for hver dag og uge der går, trækker livet i eleverne sig lidt efter lidt tilbage, så der kan være plads til at blive voksen.

Et sus af dreng lander midt i Lydias almagt, gode tanker og hyggelige toner, og spreder det hele for alle vinde. Omkring hende er der tomt, men i udkanten af det tomme, ser hun ikke at blikke udveksles, fnis giver sig så småt til at vokse, og nogle peger endda, mens hvisken og tisken svulmer som løvet i skoven, når et vindstød baner sig vej mellem stammerne. November er tilbage, og det er Kasper, og han vifter med et allerede krøllet eksemplar af Bladet: Så ved du bedre! mens han griner så meget, at næsen ryster.

- Sesese! får han frem imellem latterhikstene.

- Se, der er billede og alting! puster han. Lydia snapper eksemplaret ud af hans hænder, og giver sig til at studere et billede på forsiden af nogen, der minder ret meget om Lydia, som er skummelt bøjet over en cykel. Øverst står med store fede typer:

ALT OM LANTESKALEN

Et øjeblik er det som om et stort stempel hiver blod og luft og vand og glæde ned til sig, indtil det sortner for Lydias øjne, og så skyder stemplet op igen, og det hele lander i hovedet, og hun vender og drejer papiret, og der er fire sider fyldt med væmmelige overskrifter.

HVAD FOREGÅR DER I GANGPYNTERGRUPPE 2. VEST?

LYSSKY LYVDIA WENGENFORNOGET NÆGTER AT UDTALE SIG! KOMMER DER OVERHOVEDET PYNT I ÅR?

HAR WENGENFORNOGET KUPPET SIG TIL PLADS I GPG2V?

ER VÆLDIGE WENGEN VIRKELIG I LEDTOG MED BERYGTET UROMAGER?

LYVDIA TRUER PRESSEFRIHEDEN!

- Det er ikke mig! fnyser Lydia.

   - Det er det da. Det er et rigtigt fint billede af dig! Du ser godt nok skyldig ud! griner Kasper.

   - Har du ikke øjne i hovedet din dumme dreng!? Det er en TEGNING! Den lede snuderotte Beastær har selv fundet på det! og ordene skynder sig ud af Lydias mund for at komme væk fra udåndingen, for hun er slem til at glemme at børste tænder for tiden.

- Jo, men når det er tegnet så godt, er det nødt til at være rigtigt, det kan du nok se, Lydia, siger Kasper, og fabler en masse om udsat båthare og gemt cykel og hvad en drengs hoved nu er fyldt af, men Lydia er begyndt at læse.

På første side står en leder: *Marven i et demokrati er retten til at ytre sig frit. På Lillevangskolen har en af redaktionen kendt person med undergravende og foragtelige midler forsøgt at forhindre Bladet: Så ved du bedre! i at rapportere troværdigt og upartisk fra begivenheder, der udfordrer hævdvundne traditioner på vores kære skole, og således bliver genstand for almindelig interesse. Bladet: Så ved du bedre! er viet til sandheden, uanset hvad den må være, og tager aldrig stilling. Det betyder ikke, at vi er slappe og holdningsløse, for vi bøjer aldrig af for trusler i kampen for at bringe alle relevante nyheder til torvs, således at vore kære læsere fremdeles kan stole på rygtefrie og i fakta funderede bulletiner. Redaktionen.*

De siger, at der er så megen plads i universet, at hovedet vender vrangen på sig selv, hvis det prøver at forestille sig hvor stort det er. Den øvelse er for vand at regne i forhold til det besvær Lydia nu har med at forstå, hvordan Beatrice Bender har kunnet få sig selv til at udgive denne gang heksehetz! Når nu hun har truet hende så grundigt? Fatter hun ikke, at modstand er nyttesløs?

Et andet sted på skolen rumsterer tanker i et hoved. *Elmo! Hvor er du? Omle! Ooommmle! Mok merf! Tihi. Uha, var det ikke Sgu-Jytte? Jeg kan altså stadig mærke det i øret hvor hun tog ved. Hvad skal jeg mon ønske mig til højhygge? Tænk at jeg fik et digt i Bladet. Elmo! Hvor pokker er du? Der kan du bare se: Bøller er slet ikke så farlige. Vox! Nu ved jeg hvor Elmo er. Ej, hvor er jeg dum.*

Biblo er stadig fyldt med stumme og endeløse kæder af sætninger, som kun kommer til live hvis nogen læser dem. Maria ser sig hektisk omkring. Jo, han sidder der, duknakket og forsvundet i sin enorme parka. Da hun kommer tættere på, kan hun se hans krogede hånd ryste. Den kratter på et papir, og hun kan høre en mumlen komme fra hætten, som besværgelser.

- Elmo? Hun lægger en hånd på hans skulder, og det giver et sæt i ham, så også hun spjætter.

- Uh, Elmo, jeg bliver så forskrækket, når andre bliver forskrækkede! Hun trækker en stol tæt hen til ham.

- Nu må du altså holde op med de fnugkrystaller! kræver Maria, og rækker ud efter papiret. Elmo klasker en hånd ovenpå det, så biblioteket runger, og udløser et hys fra bibliotekaren, der lister rundt og lugter af alt for mange lørdagsøndage fyldt med katte og the.

- Av! Elmo, surer Maria, og puster på sine fingre.

- Nejnej! Jeg kan ikke endegyldigt konkludere at min proces med dette pyntestykke er tilvejsendebragt: Der fattes altså noget forstår du Maria. Det er stadig muligt at optimere og minimere, og alt i alt få det til at virke. Jeg ved det, jeg er for øjeblikket blot ikke lige i stand til helt at gennemskue det hele, siger han grådkvalt.

- Men du behøver jo ikke lave det færdigt. Lydia er slet ikke venner med nogen der kan gøre dig ondt. Du var der. Du så Tynde. Du hørte ham.

- Det er ikke det. Det er ikke bare det. Det er mere, at jeg ikke kan finde ud af det, mumler han, og stemmen bliver ædt af idéerne, der hele tiden skal have tid at æde.

- Jeg kan ikke lade være. Jeg kan ikke holde fri! Jeg må ikke være dårlig til noget som jeg kan, græder han.

- Jamen Elmo dog. Jeg kender ingen der maser på som dig. Især når du holder fri.

- Åh Maria, jeg vil hjem til dig!

- Det er vist ingen god idé søde Elmo, såeh såeh... siger hun blødt, aer ham på hætten, mens hun med et suk lader sit indre øje vise hvordan det ser ud og er hjemme hos hende. Da lander et frisk pust ved bordet.

Udenfor står Lydia underligt alene og uden ly i regnen som falder over skolegården. Hun rokker frem og tilbage, mens hun knækker fingre i ét væk, selvom de siger, at det må man ikke for så dør hænderne af gigt inden man bliver gammel. Hun mumler, og det kunne sagtens være besværgelser. Pludselig retter hun sig op, og udbryder: - Tiden! I et virvar af bevægelse stiller hun sig sådan som bestemmelsen synes hun skal stå, aer Dukke-Lars over det pletvise hår, og gør en håndbevægelse, som en butiksdetektiv der stopper en tyggegummityv ved udgangen.

- STOP! Bak lige med det samme, indtil der ikke er noget særnummer længere, og begynd så at gå godt igen! Hun ser med det samme efter om det virker. Men regnen falder stadig, og nu og da haster nogen forbi med Bladet i hænderne, og skæver mærkeligt til hende. En hyletone har listet sig ind i hendes højre øre, og da hun lytter til den, lyder den som et kor, og det er kvidrekvitkoret, og de synger ord, og det er ord om hende, dårlige ord, beskidte ord, der bliver til sætninger om hvor ringe hun er, og hun slår sig på øret for at få smædesangen til at gå væk, og en eller anden som løber fra regnen, og ikke ser, at hun står der, griber hun blindt fat i, så de svinger næsten en hel cirkel om sig selv, men hun slipper ikke, og drengen prøver med store øjne at gøre sig fri, men opdager, at det er Lydia Wengen, som har fat i ham, og så bliver han ligesom lidt slap i det, som når man lige har kastet mange lakridser op og ligger udmattet foran toilettet, og Lydia kræver med ord, der hånd i hånd med hendes vilde blik, som ikke rigtig er rettet mod noget han lige kan se findes i denne verden, at han smutter over, og får koret til at holde op med at synge dårligt om Lydia, er han ikke sød lige at gøre hende den tjeneste, så skal hun nok huske ikke at sprede noget om ham, som ødelægger hans liv eller sender ham på kostskole, og den rædselsslagne tilfældige nikker, jo jo, han skal nok få koret, som han ikke kan høre, til at holde op, og endelig giver hun slip, og drengen piler væk, og hun giver sig straks igen til at holde sin stophånd frem, som om hun er en trolddame der kan få en storm til at lægge sig, men hvis tiden holder sammen med bevægelse, så er ingenting stille, for regner det hende måske ikke ned ad nakken, selvom hun udtrykkeligt mener stop, og derfor må tiden vel nægte at adlyde, og nu er tiden hendes fjende, og hvordan ødelægger man den, hvordan rygter man tiden i stå? Og det er et endnu større problem, og pludselig får hun sådan en trang til at lægge sig under mindst to dyner og glemme alt om fnug og gøretegning og gurrelante og væmmelige artikler og drikke meget kaokao og lytte til regnen, og falde i søvn til engang i foråret, som det er sikkert, at ingen gurrelante kan overleve til.

På biblo står Kasper og gløder, som når man lige smutter op på terrassen for at få pusten og en slurk grøn Upsi, inden det er ned på plænen og tumle videre med en stor hund, som en onkel har, og som ikke bider, ikke engang når man bliver vild.

- Nå, så det er biblo? Gab, hvor er her kedeligt, fortsætter han, men får øje på Elmos ansigt, og standser brat.

- Hvordan i alverdensen er det du ser ud? Selv for dig er det der da... Hold da op! Kasper betragter fascineret tre fregner, der hopper og spjætter nærmest el-elektrisk på Elmos tårestrimede kind.

- Du skal lade ham være i fred, Kasper, formaner Maria.

- Jaja, men Maria, er det rigtigt, at du har snakket med Tynde?

- Ja.

- Jamen. Det kan man da ikke. Er du vanvittig?

- Det var jeg nødt til, Kasper. Lydia har brugt ham til at true en hel masse med, og så blev jeg sur.

- Ej, hvor ville jeg gerne have set det. Gjorde de slet ikke noget?

- Næ.

- Det var voxeme pokkers!

- Hvad laver du her? Skulle du ikke lege skrækkanin?

- Meget morsomt. Jojo, men der bliver ved med at komme et eller andet i vejen. Det er lige ved ikke at være sjovt længere, når vi ikke kan tænke på andet. Hvad er det? spørger Kasper, og henviser til det krøllede papir, som ligger under Elmos skælvende hånd.

- Det er noget, han ikke kan finde ud af, siger Maria, hvilket omgående afføder en lyd fra parkaen, som en af damerne, der bliver forladt i filmene, kan udstøde, hvor alle følelser koger over som mælk til højhyggegrød, men sådan opfører ingen damer sig i virkeligheden, i hvert fald ikke i Lillevang, hvor de fleste mænd er duknakkede, og mumler undskyld hele tiden.

- Lad mig lige se den tegning, Elmo.

- NEJ! udbryder Elmo, og lægger som en overtræt møgunge hele sin overkrop ind over bord og konstruktionsvejledning. Et øjeblik sidder fast. Så råber Kasper:

- BUMSE! og det giver et ryk i Elmo, som flyver op fra stolen, og gemmer sig bag den nærmeste plante, mens Kasper roligt griber gøretegningen.

- Lad os se, lad os se, siger han, og kaster et enkelt blik på papiret.

KAPITEL 22

Midt i sandhedens ro på biblo, udbryder Kasper:

- Nåeh! Se, hvis hvis du gør sådan her, og der med den, så kan man lave det hele i ét hug! Han gør et lille muntert hop, og letter på kasketten som en skælm. Elmo har forladt plantens skjul, og er kommet tilbage til bordet, så forsigtigt, som en der er ramt af Vedlevsyge. Hans øjne, der har været streger af stiv nedtrykthed, tvinges op i rund størrelse af det indlysende enkle som Kasper nu viser ham.

- Så nemt som at sige ja, hvisker Elmo, der er blevet meget bleg. Han synker tilbage på sin plads ved bordet. Elmos øjne styrter ud af hulerne for at synke ned i kindernes fortabte hulninger, hvor store trilletårer samler sig, selvom hans øjenvipper prøver at holde dem tilbage og nægte ethvert pibleri. Så begynder han at ryste.

- Elmo!? hvisker Maria.

- Smart, ikke! hoverer Kasper.

- Se nu hvad du har gjort, Kasper! Du har ødelagt Elmo! snerrer Maria, og ser rasende på Kasper, mens hun trækker en stol tæt hen til Elmo.

- Men, det var da ikke mig. Jeg siger bare, at hvis han gør sådan der, så er det da pingpongdynamolygte! Jeg hjælper da! Jeg hjælper! insisterer han. Et større hulk undslipper Elmo. Maria holder om ham.

- Kan du da aldrig lade den dreng være? skælder hun.

I samme øjeblik skøjter Lydia ind. Hun får straks øje på den lille forsamling, og går så hurtigt hun kan hen til dem. Maria rejser sig, træder beskyttende frem, og breder armene ud:

- Nej, Lydia, hold dig væk! Elmo kan ikke tåle at have mere med din pynt at gøre, siger hun fast. Lydia stiller sig på tå, som turister der står i lag for at se et berømt springvand.

- Hvad laver du med de forrædere! spørger Lydia strengt. En en lille boblende pivelyd stiger op fra Elmo, og Maria glatter ham over hætten, mens hun prøver at muskle Lydia væk. Men Lydia stemmer imod, får fat i hans ærme, og rusker det:

- Du skal KUN tænke på mig og mit, ikke dem og deres. Hvorfor er du ikke færdig?! Du vil måske GERNE have besøg og klar besked af Bumse, så du for alvor kan få noget at tude over!? og det giver et sæt i Elmo. Maria fnyser:

- Alle og Elmo ved altså godt, at du slet ikke er venner med Tynde og dem, Lydia. Elmo, vi har med egne øjne set hvad Tynde sagde: Hun er fuld af løgn!

- Æh, den er sådan set færdig, indskyder Kasper, vifter med gøretegningen, og modtager et lynblik fra Maria. Han trækker på skuldrene.

- Men Elmo: Hele gruppen venter på, at du får lavet en tegning, jeg kan finde ud af at vise, så vi kan komme i gang med at lave mine fnaller, og ikke Hivervejrs kommeindfravenstre pynt og slet ikke gurrelante, og det haster, for nu har jeg hørt, at de siger, at kontoret siger, at de nægter at tro Former-Finn har kigget på struttenutter, for det kan en voksen mand aldrig finde på, så nu kommer han efter mig, og indfører den skrækkelige gurrelante, jamrer hun, og et jaget

179

blik sætter sig hjemmevant tilrette i hendes ansigt.

- Den er færdig, Lydia, bemærker Kasper.

- Er det for meget forlangt at ens venner hjælper, når man er tynd på isen uden selv at kunne gå igennem, er det, hva'!?

- Lydia, du er totalt afsløret: Du er IKKE venner med Tynde. Elmo skal ingenting! erklærer Maria fast.

- Du forstår ikke din egen ven! udbryder Lydia, og forsøger at møve sig tættere på Elmo.

- Kan du så! siger Maria indædt, og kæmper imod Lydias pres.

- Forrædere! I er allesammen ude efter mig! hvæser Lydia, og lader sine fingre forme kløer, der prøver at flænse luften.

- DEN ER FÆRDIG! råber Kasper,

Lydia ser forbavset på Kasper.

- Jamen, nu er jeg helt forvirret. Sidder han og tuder over, at han er færdig?

- Kasper, den idiot, skulle absolut blande sig. Se ham nu! siger Maria, og gør øjekast mod Elmo, der ligger over bordet og græder.

- Tænkleren er død, jamrer han, og så giver han sig til at hulke:

- Åhnej, jeg er blevet ligeså grusommelig mod det vangske sprog som Kasper er, åhnej, og hans tårer begynder at danne en lille pøl. Maria spyr ild med øjnene:

- I har ødelagt Elmo! fastslår hun.

- Det var ved Attavox også på tide! Vorvoxbevares, og du skal forestille at være klog? Hvis du var halvt så smart som du siger, du tror du er, så havde du bedt Kasper om hjælp for længe siden, og så havde jeg sluppet for at være så overilet og gruppejagtet, hvæser Lydia påtaget indigneret, for det jagede blik har pludselig ikke noget at holde fast i, og smelter væk fra Lydias øjne, der nu stråler af lys og gurrelantefri gang.

- Åh, Kasper, du har gjort mig til den gladeste pige i verden, jubler hun, og planter et stort, saftigt smækkys lige på Kaspers mund, og sætter i rend ud af biblo, med tegning og lykke og fremtiden.

- Adr, jeg har KISSEMISSET! Med Lydia! ADR! jamrer Kasper, og tørrer igen og igen frakkeærmet over sin mund, mens væmmelsen får ham til at dreje hid og did, og Maria cirkler om Elmo, der er en alt for løbende sommeris, som truer med at grise ens fineste kjole til midt på parkeringspladsens hede grus akkompagneret af havets susen i baggrunden og duften af duknakkede fyrretræer, der bliver holdt tilbage af strandens varme sand.

Sejrspauker, Jubelbasser og Heroldguitarer fylder Lydia til sidste celle med de største dur-akkorder man kan forestille sig, da hun senere fuld af vinder går til GPG2V møde. Hun kigger igen på Kaspers gøretegning, som er forurenet af Elmos tabertårer, og hvordan et menneske, der synes han er så klog kan være så uduelig som Elmo, det forstår hun ikke, men heldigvis findes Kaspere i verden, som lige kan ordne det hele, så en anden en omsider kan vinde ikke alene kåringen, men vigtigst af alt: Slippe for gurrelante! Hun har personligt sakset efter tegningen, og det virker. Det er så nemt og sjovt, og hun gør det igen og igen, endda med krøllede eksemplarer af særnummeret om hende selv virker det. Lydia giver sig til at synge trallesange og humørballader til Dukke-Lars, der hænger som han plejer i sin pose, og også er fuld af lykke.

Hun braser ind ad døren til klasseværelset, og råbesynger:

- Her har I mig tilbage! mens hun vifter med gøretegning, fremtid og lykke. Et øjeblik fyldes lokalet med runde øjne og stilhed, bortset fra efterklangen af et par forskrækkede gisp.

- Hvad foregår her? tordner Lydia mod de fire piger, som sidder rundt om skolebordsøen.

- Vi laver pynt til gangen, Lydia, svarer Næsen, og Hivervejr og Karinaen nikker. En tredie pige ser betuttet på Lydia, der stirrer på bordet.

- Er det gurrelante!? spørger hun, som om ordet er en rådden larve viklet ind i levende stankelben og afløbssnask.

- En lang en, brummer Karina, og under hendes stemme svæver et ubestemmeligt smil. Lydia skuler smalt til den ukendte pige.

- Og hvem er det? snerrer Lydia, og peger skamløst.

- Det er jo Denogden Detogdet som endelig er kommet tilbage, svarer Næsen, og de smiler til pigen, hvis håndled er tykt forbundne. Hendes fingre stritter blegt fra gazen. En femte pige Lydia først ser nu, rykker sig fri af væggen hun har stået lænet mod:

- Og jeg er Beatrice Bender fra Bladet: Så ved du bedre!

- Æj, jeg ved hvem du er dumme Bea, skrid med dig, du skal ikke være her!

Hivervejr rasper et eller andet, og Næsen siger:

- Vi tror på åbenhed og klare linier, og derfor har vi bedt Bladet: Så ved vi bedre om at overvære en pynteseance og dermed dokumentere vores arbejde. Det er en forståelse som Beatrice og vi er kommet til, og det bliver en voldsomt interessant reportage om en gruppe af pigers kamp med tiden for at nå et fælles mål, trods mange forhindringer undervejs.

- Vi? Hvem vi?

- Ja, os! svarer Næsen, og lader sin hånd beskrive en bue.

- Der er ikke noget os! Der er kun mig og mine fnaller, og nu har jeg gørebrevet så I omsider kan finde ud af at lave dem, så vores gang kan blive fyldt af noget andet end gurrelante! tordner Lydia, og hæver den krøllede konstruktionsvejledning, fyldt med Elmos tårer og Kaspers forunderlige to streger, der løser det hele og alt, og Lydia ser for sig hvordan hendes pynt hænger ned ad hele 2. vest og det er ganske vist ikke gurrelantetomt, men det næstbedste: Hendes! Hun kaster sig over den sammenstillede ø, griber det hun skal bruge, og giver sig febrilsk til at klippe og råbe hvor nemt det er, se nu, kom så i gang!

Beatrice har travlt med sin notesblok, men ingen af de andre reagerer. I stedet bevæger Hivervejr munden, Næsen lægger øret til og oversætter:

- Jo, og tillykke med det, men vi er faktisk næsten færdige, og Denogden har rigtig hjulpet, selvom hun har ondt. Og nu hvor Karina har fået sundet sig ovenpå det med Regitze, er hun blevet rigtig sød til også at klippeklistre. Lydia ser lamslået på dem. En ringen er begyndt at fylde hendes ører, og det lyder som Kvidrekvitkoret, og det er en lang smædesang om hende.

- I kan da ikke bare tage bestemmelsen selv! Den er min! Det er mig der bestemmer i GPG2V! råber hun for at overdøve koret.

- Lydia, det er for sent. Vi vil lave gurrelanten færdig. Vi vil ikke lave dine fnugkrystaller, siger Næsen. Lydia stopper brat.

- Hvad!?

- Du er velkommen til at få en femtedel af GPG2V's bestemmelse, men der er flertal for gurrelante, og hos os er det os der bestemmer, og det er vi allesammen enige om at vi er.

- Nej! Nej. Hvad kan I bestemme? I tager jo bare plejer på jer!

- Fire mod en, Lydia. Det bliver som vi bestemmer, fastholder Næsen og de andre nikker, selv Denogden Detogdet.

- Men, hvad så med Hivervejrs idé? spørger Lydia, og ordene forsøger ikke engang at tage selvsikkert tøj på.

- Jomen, vi er blevet enige om at Hivervejr sagtens kan forfine idéen, for man skal ikke bare løbe med det første det bedste. Det er bedre at arbejde sig længere ind, så måske er den klar til næste år. Men nu er det gurrelante, for vi havde jo allerede en masse liggende, og det har været så forvirrende i år, og vi synes det vil være ærgerligt at måtte udgå af kåringen. Og sådan. Karina begynder at klappe på en 'hvis ikke I klapper med, så er vi lige gode venner af den grund' måde, og de andre giver sig til at deltage i applausen og alle finder et tempo som får smilene frem, med en lydstyrke der virker så frisk og gåpåmodsagtig, at selv Beatrice Bender stemmer i.

KAPITEL 23

Klapsalverne dør hen, da Hivervejr giver sig til at pive et eller andet, og Næsen siger:

- Bestemmelsen er ikke en kaktus man kan lade stå. Den skal passes som en blomst, med vand og kærlighed og lys, ellers går den ud, Lydia, og de andre nikker, som om Hivervejr er et orakel.

Et øjeblik står Lydia og ryster som en lastvognsmotor. Hendes hår er så uglet nu, at der kunne bo en lille edderkoppefamilie i det uden nogen ville opdage den. Hun rækker om bag ryggen.

- Nå, så I vil være grove? Jamen: SIG GODDAG TIL MIN LILLE VEN, snerrer hun, og peger Dukke-Lars mod dem, som om han er et voldsomt våben. Pigerne glor på hende. Beatrice skriver og skriver.

- Det er MIG der har rygtet Regitze på kostskole og det er MIG der har ødelagt et barn i børnehaven, og det er MIG der er venner med nogle som er endnu værre end TYNDERNE, og nu rygter jeg JER i TOTALT stykker! Kom så Dukke-Lars! nærmest skriger hun, og ryster og peger med dukken, men der sker ingenting. Intet dukker frem i hendes hoved. Hun vender Dukke-Lars rundt, for at se hvad der kan være i vejen. Hun banker ham i bordet nogle gange, og peger igen truende:

- Jeg skal rygte jer allesammen NED! Bare se hvad der skete med FORMER-FINN! Det bliver værre for jer! Der skal IKKE gurrelante op!

Næsen siger med bævende og alligevel fast stemme:

- Jo, det skal der, og det har vi bestemt og det er vi enige om. Du må gerne have en mening, for alle har en stemme, men den kommer ikke til at betyde det mindste. Vi vil blive glade, hvis du hjælper os med gurrelanten.

- En lang én, brummer Karinaen, der igen har fundet ud af hvordan man tårner som et uhyggeligt hus.

Lydia ryster Dukke-Lars, men stadig er han tom for rygter. Hun trækker hovedet af ham, vrider armen rundt, og mens de andre vantro ser til, truer, piner og gør hun modbydelige og nærmest oprindtiske ting ved dukken, som får Denogden til at gemme øjnene, men dukken er tavs. Lydia kaster Dukke-Larses stumper fra sig. Hendes øjne drejer som lykkehjulet i tivoliet, der besøger Lillevang om sommeren, og hvor hun faktisk vandt Dukke-Lars, da hun var lille.

- Dig! hvæser Lydia vildt, og peger, og alles øjne følger som ved magnetisk kraft pegets retning.

- Det er dig, der har kastet hjul i min plan! Du har hele tiden underbegravet min storhed, og opmaner til henrør, mens jeg, Lydia, jeres leder har SLÅSSET for mine, og jeres, smukke fnaller, og trodset vældige tragikker for at ophæve gurrelantetaturet, råber hun, og kaster sig op på øen, og prøver at kravle over bordene, der nu skramler mod hinanden, med vilde klohænder strakt frem mod Hivervejr, der sidder som en plamage af mælk og mel. Lydia maver sig hensynsløst frem over gurrelanteringe, der bliver kvast under hende, men pludselig bliver hun trukket voldsomt baglæns, og stole vælter, og så er der ligesom en skygge over hende, og lige efter får hun vældig svært med at trække vejret, som det er sædvanligt for de der bliver levende begravet.

En larm vælter frem i Lydias ører, som når en voksen mand prøver at klemme det sidste remoulade ud af tuben, og den lyder som femten Kvidrekvitkor tilsammen, der synger om hvor dårlig hun er og hvor lidt hun kan. Beatrices blyant kratter og kratter. Tyngden på Lydia er så massiv, at den er sort, og får hende til at tænke på de mange klodser og plader hun har ladet falde på sine fjender. Bestemmelse!? Hvor er du! Red mig! Giv mig et rygte for min sjæl! Men om nu det er sandt eller ej at Lydia har en sjæl, så er det i hvert fald virkeligt, at Bestemmelsen ikke vil kendes ved hende længere, og hun får intet svar på sin byden.

Da er det, at Lydia for alvor bliver rasende, og hun kæmper mod mørket og vægten og lugten af sved. De andre betragter Karinaen, der ligger på gulvet nu, og under hende lyder underligt dæmpede og vilde lyde, som svinder ind, og til sidst minder om en hunds pivedyr, og derpå de skviv som en lille brun mus for eksempel kan komme med, og til sidst lyden af en edderkop, der kurer ned ad sin line.
- Karina! Jeg tror, hun har fået nok nu. Karina!? Næsen prøver at trække i Karinaens arm, og får hjælp af Denogden, men hun rokker sig ikke. Da går døren op, og lige efter lyder en voksen stemme:
- Hvad i alverden er det I laver? Karina, kan du se at komme

væk fra hvad det nu er du har gang i, du skal ikke ligge på gulvet, beordrer Former-Finn. Så ser han bedre efter.

- Sig mig, ligger der nogen under dig? spørger han overrasket.

- Jomen, hr. Finn, Lydia blev så ivrig, at det var bedst at dæmpe hende lidt, for hendes egen skyld. Hun er vist en kende overanstrengt, og kunne næsten ikke få vejret, forklarer Næsen.

- Og det kan hun nu? spørger Former-Finn, og hiver i Karinaens arm for at få hende op at stå.

- Vi havde ikke lige en pose hun kan ånde i, siger Næsen, og ligner en træpind som de andre holder, mens de meget ihærdigt forsøger at lade være med at fnise.

Det tager noget tid, men lidt efter lidt kommer Lydia til syne. Hun ligger som en vandmand i strandkanten, nogle snotmaskiner har trampet rundt i. Formningslæreren bøjer sig over hende.

- Lydia!?

- Ja, hr. Finn? siger hun spagt, som en nuttet hundehvalp, kanin, og marsvin blandet sammen i sød pelsevælling.

- Er der sket noget?

- Nej tak hr. Finn. Sødt af hr. Finn, at De spørger så venligt.

- Men, begynder Former-Finn, og så holder han inde, sådan som voksne gør hver dag i Vang, når de ikke ved hvad de skal sige, så bemærkelsesværdigt skør og underlig er situationen. Men så kommer han i tanker om noget fornuftigt at foreslå.

- Skal jeg ikke følge dig ned til skolesygeplejersken?

- Mange tak, hr. Finn, det er vældigt elskværdigt af Dem,

men det er ikke nødvendigt. Jeg har det udmærket. Er De sød at række Karina meterstokken ved tavlen. Hun skylder mig et slag.

- Mon ikke det er bedst, at du går hjem og sunder dig? siger Finn Svenning, og ser meget forvirret ud.

- Jo, hr. Finn, tak hr. Finn, det skal jeg nok hr. Finn. De er et godt menneske. Lydia kommer op at stå midt i stemningen af forundren og måben. Hun gør holdt i døråbningen, og vender sig mod Beatrice, der er fulgt efter. Denogden har samlet Dukke-Larses stumper op, giver dem forsigtigt til Lydia, og trækker sig straks tilbage. Lydia holder samlingen i sine arme, og siger:

- Nå, der har vi Beatrice Bender fra Bladet: Bare jeg vidste bedre! Jeg er Lydia Wengen, GPG2V: Tak for at du skriver så meget om mig Beatrice, du er vældig dygtig, og gør et godt stykke arbejde. Mange tak. Og så bukker hun dybt, som de har for vane i Oprindten. Næsen, Hivervejr, Denogden og ikke Karinaen stirrer forbavset på hende. Beatrice nørkler så meget med sin notesblok og blyant, at hun har to dybe streger lige ned midt mellem øjnene. Lydia tøfler duknakket ud, mens hun mumler som en gammel mand, og Beatrice råber: - Vent, vent Lydia, jeg er ikke færdig med at tegne!

KAPITEL 24

I en gang i en skole i en by i landet Vang står en lyshåret pige og kigger op. Hun er så stille som farven på væggen. Fra hendes ene hånd hænger en molestreret dukke. Ved siden af har en sorthåret og pageklippet pige med blegt ansigt og fine træk gjort holdt med en rullestol, og i den sidder en stor klump parka og ryster.

- Nå Lydia. Vi venter. Nej? Det er klart, når det ikke er til din fordel, så kan du ikke sige noget? Så bliver der stille, hva'? Du skylder så meget Elmo en undskyldning, dit store røvhul! siger hun. Parkaen mumler noget.

- Hvad siger du Elmo? spørger hun. Parkaen mumler noget mere, og pigen med pagehåret nikker flere gange.

- Ja, det har du virkelig ret i! og så sender hun Lydia et blik, der kunne smelte sten:

- Alle for en, men mest for dig, hva'?! Lydia Wengen: Du er ikke med i vagten mere! nærmest spytter hun, slår med pagehåret, og skubber vredt rullestolen videre.

En runde snotmaskiner myldrer larmende forbi, og de er formodentlig nogens børn, men hvis man ser nærmere efter, er de faktisk ikke andet end øjne og ører og næser, og de snuser og ser og hører det hele, og deres lommer er fyldte med slik nok til hvad man kan få dem til at sige om alt de har set og hørt og lugtet for en slik, og de råber om og om i ujævnt kor, mens de vifter med nogle sammenhæftede ark:

og en af dem stikker udgivelsen i Lydias slappe hånd, og arkene falder flagrende til gulvet, og så hopper snotmaskinerne videre, indtil en af dem pludselig stopper op, og en hvid strøm af ørl vælter ud af ungens mund, og de andre skriger adr! og badr! Bussesnot ørler, Bussesnot ørler! skriger de, og i det samme kommer en mand iført blå smækbukser, hentehår og det trætte udtryk, som alle der altid skal rydde op efter andre for bestandig har prentet i ansigtet, om hjørnet, standser brat op og mens rollingen bliver ved med at kaste op, skælder han ungen ud, mens han kommenterer sin egen skældud: Hvorfor skal de møgunger altid æde så meget slik, man har voxphillipvælteme ikke andet end mas og ballade med de lortebørn, forbandede svineri, og han forsvinder i en sky af grove eder, men kommer hurtigt tilbage med en spand og en klud, og giver sig til at tørre brækket op, mens nogle ældre elever griner og peger ad den sure mand.

Da han er færdig, slår en bølge af kulde sig ned i gangen, og der bliver sært stille. Strømmen af elever stilner helt ind. Ingen bevæger sig forbi. Lidt efter kommer tre ældre drenge langsomt gående, en tynd, en bumset og en tyk, og væggene prøver at gemme sig bag deres maling, og loftet forsøger at hæve sig, og gulvet har ingen steder at forsvinde hen, så det holder sin stønnen for sig selv, mens de tre spankulerer forbi klasseværelser og knagerækker og når frem til Lydia, der ikke flytter sig eller reagerer, og et øjeblik stirrer den tynde dreng på hende, som om hans blik kan svejse og svitse hende i småstykker, og det er lige før øjenbrynet bevæger sig, men så trækker han på skuldrene og går udenom, og de to andre, der lige så godt kunne være Zarmasans albatrosser, kigger forbavset på hinanden, men følger efter deres leder, og lidt efter vender livet tilbage til gangen, og temperaturen stiger mindst en hel grad, og trafikken tager igen til.

Et ubegejstret sus går gennem gangen, da nogen titter frem, og råber at inspektøren allerede står på scenen i aulaen. Lydia reagerer ikke, men er en ubevægelig vejhelle, og trafikken glider udenom hende så godt den kan.

Selvom skolen har kogt af rygter siden Bladets særnummer, og Maria Larsens uhørte opsøgen af tabulten Tynde, og gryden burde være tom, så kun sandhedens blanke krystaller ligger tilbage, tøver visse elever når de får øje på Lydia, og stritter imod strømmen. Enkelte forsøger endog at vende om, men alle bliver skyllet fri som en kvist, der har fæstnet sig i en sten i bækken, og de padler panisk for at nå så langt udenom Lydia som muligt.

En tæt asemaseskikkelse pumper sig hurtigt frem gennem gangen, men stopper op:
- Nå, der står du Lydia Wengen. Beatrice Bender, korrespondent for Bladet: Så ved du bedre! Journalisten bøjer

sig, og samler det lille vred papirer op som Lydia ikke fik fat i.

- Har du set det her? Takket være dig er vores oplag steget markant, og er nu oppe i hele 4 sider! Du må endelig sige til, når du engang er klar til at fortælle din egen version af lanteskalen, og jeg, vi, Bladet: Så ved du bedre! er naturligvis spændte på hvad du finder på næste gang. Nå, men jeg har ikke tid til at blive og sludre, der er masser at korrespondere om, skal du ikke til kåring? Jeg har hørt en lille fugl synge om, at det formodentlig bliver GPG2V der render med trofæet i år, men som du ved løber Bladet: Så ved du bedre! ikke med rygter. Men det har du nok ingen kommentarer til. Det gør heller ikke noget, du kan læse alt om det hele i Bladet: Så ved du bedre! Nå, det var hyggeligt, det er blevet flot her, hva'? Jeg må videre, siger Beatrice Bender, og går hastigt afsted, mens hun ler som en bille, der lige har okset en stor dynge møg over en lang flad sten midt under en rasende augustsol, og publicisten forsvinder i strømmen af kåringsstemte børn og voksne.

I skolegårdens grådmættede firkant, snifler en lille brun mus afsted langs skolens fundament, der her følger gangen Lydia står i. Længere fremme når musen vandposten, hvor den gør holdt, og drikker af en pyt, som næsten altid ligger her. Lige da den vil til at pile videre, stivner den. En bleg mand med finurligt overskæg, klar-parat-fiskerlussing-hænder og en rød og tyk striktrøje kommer klak-klak genklangshastende over asfalten. Musen trykker sig ned, og bliver våd på brystet. Den udstøder to små nys. Endelig springer manden op ad trappen til indgangen, og så skynder den lille brune mus sig videre med endnu et spædt atju! efter sig.

Inde i skolen fortsætter manden sit løb, men stopper op så han næsten skrider en halvcirkel rundt, da han får øje på Lydia, som endnu ikke har flyttet sig.

- Lydia Wengen, hvad laver du der? Kom nu, vi skal til kåring, og jeg er sent på den, og det er du også! Han følger hendes blik, og siger:

- Jaja, det tog godt nok sin tid, og vi havde vores kontroverser undervejs, men det er blevet flot, og en lille fugl synger, at GPG2V står til at vinde trofæet i år! Kom nu, siger han, og vinker hende med, men venter ikke, og lidt efter kan ingen længere høre hans klak-klak-klak.

To piger kommer langsomt gående. Den enes næse er lang og krummet, og den anden er bleg som mel, og hiver efter vejret lig en udmattet bjergbestiger, der ser ud som hun hun helst vil lægge sig ned og lade højden tage hende. I deres kølvand kommer to andre piger, den ene med bandager hvor de fleste har hænder, og den anden er et monstrum med svinkedeller og hurrahvidt hår. De fire gør holdt ved Lydia, og Næsen lægger en hånd på hendes skulder. Ingen siger noget, men den andens anstrengte åndedræt fremfører mindst et digt eller en kort novelle. Monstrummet brummer:

- En lang én! til hvilket melansigtet åndeløst tilføjer:

- Til os allesammen.

Et sekund puffer dem videre, og lidt efter trækker tiden noget andet med sig. En kasket med krykker og dreng kommer humpende, og han er omgivet af nogle andre ramponerede drenge, der kvidrer som gråspurve i en daggryshæk.

- Nå hej Lydia gamle tøs, her står du og glor! Ja, så fik vi endelig gjort båthare, sikke en november, og jeg skal nok hjælpe dig med at tætne taget, men næste gang skal der altså være mere kaokao, og ja, så røg benet, det var bare en to RAKET! men du skulle have set Edelsten og Lunelaten: De er på hospitalet, Lunelaten har fået en rigtig hjernerystelse og bliver måske aldrig god igen, og jeg flyttede mig slet ikke, det gjorde de andre, men ikke mig, nå men du skal ikke tage det så tungt gamle tøs, sådan noget snak går over, det er også groft at sprede sådan noget løgn, har du set Elmo? tænk at du fik folk til at tro Tynde og dig var venner, skal du ikke have en ny dukke, hør du ligner en af dem, det lige er blevet gjort slut med ved kissemishækken, sådan nogle stavrer rundt i ugevis, og ligner blege mågelorte, lad være med det. Nåmen vi må også videre, sig hej til Beatrice hvis du ser hende, farveller, vi ses du gamle, og så stiller de sårede båtharer sig et øjeblik i stille andægtighed og beskuer loftet og gangens forløb, nikker og udstøder anerkendende bemærkninger om daskehøjde og den slags, og derpå dunker Kasper Lydia på skulderen, og så griner den skrammede skare af drenge sig videre mod aula og kåring, og ikke en forsøger at daske til nogetsomhelst.

Lydia sænker langsomt hovedet, men rører sig ikke. Da lyder en gjaldende kommando: - TØS! TØS MED ULÆKKER

DUKKE SOM HUN ER ALT FOR GAMMEL TIL AT HAVE: STÅ STILLE! og sekundet efter fyldes Lydias næse af en markant lugt af lakrids og rengøringsmiddel, og derpå lammer en stærk og vedvarende smerte hendes ene øre, som om en rottefælde har smækket sig fast om det, og det eneste hun kan gøre er at følge den, for den har travlt, og i skarpt trav under skolens længste gurrelante, samlet af de mest præcise ringe nogen har målt og sakset sig til i skolens historie, som rasler tyst og dyrt i gangens gennemtræk, og får små gyldne glimt fra de nøjagtigt indsatte blanke guldringe, til nu og da at løbe over væggene i små elegante spjæt, føres Lydia ind i aulaen, hvor et sus af gurrelantebegejstring og spænding over hvem der vinder kåringen, men mest bevidstheden om at der ikke er flere timer lige denne dag, møder hende, mens inspektøren snakker sort om alt muligt man aldrig får brug for at vide det mindste om, og Kvidrekvitkorets kjoler hvisker, og medlemmerne ser som altid ud til at fryse.